Cagliostro, FOX

Wir danken den Zeitschriften NOVO (www.novo-magazin.de) sowie »konkret« und ihren Mitarbeitern für die Zusammenstellung vieler Fakten, die ins Hintergrundrauschen dieses medialen Events Eingang fanden.

Dauerwerbebuch

FOX

Wenn du verlierst, bist du Freiwild…

DER Trash-Roman fürs neue Jahrtausend!!!

von **Cagliostro**

Postfach 8, 72147 Nehren

www.marterpfahlverlag.com
marterpfahl.verlag@t-online.de
Titelbild: Reinhard Otto
Covergestaltung: Sibil Joho
ISBN 3-9806104-7-0

Herstellung: Books on Demand GmbH

Liebe Leser!

Damit Sie sich beim Genießen dieses Buches nicht allzu sehr auf das Erfassen seiner Handlung zu konzentrieren brauchen, haben wir sie Ihnen hier bereits in einer kurzen Inhaltsangabe zusammengerafft.

Dies ist ein kostenloser Service von CAGLIOSTRO und dem MARTERPFAHL VERLAG.

FOX – Die Zusammenfassung:

»Fox« ist die neue interaktive Real-Life-Game-Show eines Internet-TV-Senders im August 2012. Die junge Studentin Francine Descartes soll, nur mit einem T-Shirt bekleidet, eine Woche in der Stadt überleben, ohne von den Häschern des Senders gefangengenommen zu werden. Dabei hat sie jedem Bewohner der Stadt, der sie als Kandidatin erkennt, seine sexuellen Wünsche zu erfüllen. Hält sie es durch, kann sie bis zu eine Million Euro gewinnen: jeweils 100.000 in den ersten fünf Tagen des Spiels, von Montag bis Freitag; 200.000 am Samstag und 300.000 am Sonntag, wenn sie schon müde ist, wenn die Leute mehr Zeit zum Fernsehen haben und sie schon bekannter und begehrter ist. Verliert sie, muss sie in einer Porno-Serie als Sex-Sklavin mitspielen und verliert ihren Einsatz. Zusätzlich wird Francine mit einem speziellen Gerät ausgestattet, das all ihre visuellen Wahrnehmungen live ins Netz überträgt.

Es gibt zwei Dinge, die Francine/Fox noch nicht weiß, als sie sich auf dieses Abenteuer einlässt. Erstens: Sie wurde bewusst gecastet, um sie öffentlich fertigzumachen, nachdem sie den Sohn eines Werbekunden des Senders fälschlich der Vergewaltigung bezichtigt hatte. Zweitens: Hinter ihr ist ein Amokläufer her, der von seiner Frau live mit einem anderen Mann betrogen wurde, infolge dieser Demütigung durchdrehte und jetzt beginnt, nicht nur seine Ex, sondern auch alle anderen »Huren« umzubringen, die in Formaten des Obscenity-TV auftreten. Sobald Fox von diesem Verrückten erfährt, versucht sie, teilweise splitternackt, schnellstmöglich zurück zum Sender zu gelangen. Leider ist sie immer noch offizielles Freiwild auch für die restliche Bevölkerung der Stadt.

Nach einigen erniedrigenden Erfahrungen lernt Fox Victor, ein Mitglied der jugendlichen Anti-Hedonismus-Bewegung der City, kennen, dessen Hirnwellen noch nicht im Gleichtakt mit dem Fernsehen laufen. Victor versucht, Fox davon zu überzeugen, dass ihre Persönlichkeit mehr als nur ein mediales Image umfasst. Gerade als sie sich mit ihm verbünden will, kommt jedoch der Amokläufer dazwischen, aber bei einer Verfolgungsjagd über die Balkone eines Mietshauses kann Fox ihn endgültig loswerden. Danach gelingt es ihr mit Victors Hilfe, pünktlich zum Ablauf der ihr gesetzten Frist auf das Studiogelände zu gelangen und vom Sender einzuverlangen, was ihr zusteht.

Wir garantieren Ihnen, dass zum Ende des Buches sämtliche Probleme der Hauptfiguren gelöst sein werden.

Gerne, werte Leser, bieten wir, CAGLIOSTRO und der MARTERPFAHL VERLAG, Ihnen hier noch einen weiteren kostenlosen Service an. Das folgende kleine Verzeichnis soll es Ihnen einfacher machen, sich daran zu erinnern, welche Figur sich hinter welchem Namen verbirgt. So können Sie im Zweifelsfall jederzeit nachschlagen und sich ansonsten ganz unserer ebenso spannenden wie erotischen Story widmen. Wir wünschen Ihnen dabei viel Vergnügen!

FOX – Die Namenstafel:

Francine Descartes: junge und attraktive Studentin, die sich bei einem Internet-TV-Sender um die Rolle der Kandidatin in der Show »Fox« bewirbt. Francine ist Sternzeichen Krebs.

Jürgen Hiob: Leiter des Internet-TV-Senders, zu dessen Programm »Fox« gehört. Er stellt Francine mit dieser Sendung eine Falle. Hiob ist Sternzeichen Skorpion.

Veronica: vermeintlich Francines beste Freundin, die sie in Wahrheit aber erst in ihre unfassbare Situation hineinmanipuliert. Veronica ist Sternzeichen Zwilling.

D'Alembert: der geheime Hintermann, der Hiobs Show »Fox« finanziell sponsert, weil er mit Francine noch ein Hühnchen zu rupfen hat. D'Alembert ist Sternzeichen Steinbock.

Dirk Bankert:	Amokläufer, der durch das live übertragene Fremdgehen seiner Geliebten in unkontrollierbare Rage gerät. Dirk ist Sternzeichen Stier.
Jasmin:	Dirks Geliebte, die ihn betrügt, indem sie sich per Teldildonics prostituiert. Jasmin ist Sternzeichen Jungfrau.
Victor:	ein Mitglied der Anti-Hedonisten, einer Subkultur von Jugendlichen, die sich von der Just-Fun-Orientierung ihrer Elterngeneration lossagen und neue Werte einfordern. Victor ist Sternzeichen Wassermann.

Bei Verständnisfragen im Zusammenhang mit unserer Geschichte genügt übrigens eine Mail an den Autor oder den Verlag.

Sie sehen, liebe Leser, wir sind immer für Sie da!

TEIL EINS

INHALT:

I

» ...einmal ging ein Gendarm Patrouille und machte in einem Wirtshaus halt und genehmigte sich ein Schnitzel, und weil es ihm geschmeckt hatte, genehmigte er sich noch eins, da aber die Wirtin lange nicht kam, ging er sie suchen, sie war im Keller, an einem Haken hing ihre Tochter, nackt, und die Wirtin schnitt aus ihr das Schnitzel, Jungfrau Maria! Der Gendarm legte ihr Handschellen an und führte sie dem Gericht vor, solche Sachen erzählten sich früher die Leute gern, als sie Radio und Fernsehen noch selber machten...«

B. Hrabal

»Soll Deutschland mich doch kotzen sehen!«

Manuela Schick

IRRE: NOTGEILE NUTTEN LIFE IM TV ZU VÖGELN!

»Oooh Gott, Hilfe, nein, nicht so heftig, **du machst mich ganz fertig**, ich kann schon nicht mehr… **Erbarmen** – bitte!!!«

Dirk Bankert konnte es kaum glauben, was er da vor sich sah. Er schob seine Brille die Nase hinauf und beugte sich fassungslos vor. Aber die Bilder blieben dieselben.

Es war Jasmin, seine Jasmin, die **da splitternackt und schweißüberströmt mit den Beinen in der Luft zappelte und jammerte.** Das Bild auf seinem Monitor war definitiv kein Fake.

»O Gott, nein, **bitte nicht, aufhören**, bitte nicht aufhören, **Himmel… «** Aus ihrem Gestammel konnte man unmöglich entnehmen, ob sie es in Wirklichkeit genoss, was mit ihr geschah, oder ob sie sich tatsächlich am Ende ihrer Kräfte befand.

Ein roter Balken am unteren Rand des Bildschirms zeigte die Intensität der **Stromstöße** an, die offenkundig gerade **durch die empfindlichste Stelle ihres Körpers** fluteten.

»Ihr verdammten Schweine!« knirschte Dirk mit zusammengebissenen Zähnen. »Ihr **Wichser!**«

Wie kam sie nur dazu, sich dafür herzugeben? Wie lange tat sie das überhaupt schon? Was würden die Jungs von der Streife zu ihm sagen, falls sie diese Show gesehen hatten? Wenn er nicht eben diesen Anruf dieses angeblich guten Freundes erhalten hätte, dann hätte er heute noch nicht davon erfahren, **wie sich seine Lebenspartnerin per Teldildonics von zig wildfremden Leuten gleichzeitig quälen und ***** ließ**. Dirk war nahe daran, die Maus in seiner Faust zu zerquetschen.

»Ihr **Arschlöcher!**« knurrte er. »Na wartet! Euch wird der Spaß schon noch vergehen. **Dafür werdet ihr zahlen!«**

Teledildonics

Im ersten Jahrzehnt des jungen Jahrtausends perfektionierte Form von Cybersex, der insbesondere zu Prostitutionszwecken verwendet wird. Der Kunde sitzt dabei vor einem Monitor, über den er per Webcam eine Dame seiner Wahl bei von ihm bestellten autosexuellen Handlungen beobachten kann. Funktionierte der Vorläufer der Teledildonics noch so, dass der Freier, während er masturbierte, seiner Auserwählten Befehle gab, was sie zu tun hatte, um ihn in Stimmung zu bringen, konnte er die entsprechende Frau über die neuen Teledildonics selbst stimulieren, z. B. elektrische Reizströme in ihre Klitoris leiten. Von dieser Technologie gibt es eine sanfte und eine sadistische Variante. 2013 soll eine Ausweitung dieser Technik auf den Markt kommen, mittels derer Dominas Reizströme in die Genitalien ihrer Kundschaft leiten können. Teledildonics wurden auf dem Markt gut angenommen, da sie das Risiko einer Infizierung über Viren minimierten und ein sofortiges Abschalten des Partners direkt nach dem Orgasmus erlaubten. Hin und wieder wurden allerdings Vorwürfe laut, die beteiligten Frauen würden in Wahrheit überhaupt keine Reizströme empfangen, sondern lediglich simulieren.

Am anderen Ende der Stadt trat Francine Descartes in einem Büro des Internet-Fernsehsenders ITV 4 nervös von einem Fuß auf den anderen. Der dicke, schwitzende Typ, der für das Casting verantwortlich war, hatte sie für einen Moment allein gelassen. Dies ließ ihr Zeit, sich noch einmal gut zu überlegen, ob sie diese Sache wirklich durchziehen wollte. Es war grotesk genug, dass sie sich schon zu diesem Interview bereiterklärt hatte und immer noch von Zweifeln geplagt wurde. Wenn sie das Geld nicht so außerordentlich dringend bräuchte, hätte sie das Gebäude längst eilenden Schrittes verlassen.

Ihre Augen schwirrten im Raum herum und hefteten sich von einem Gegenstand auf den anderen. Ein halbrund gebogener riesiger Plastikschreibtisch. Ein Monitor, über den eine Sendung flimmerte, in der **gelochte Gurken-Dildos als neuer Sex-Artikel zum Selberbasteln** angepriesen wurden. Eine Webcam. Ein Poster mit einer riesigen Revolvermündung, die auf den Betrachter zeigte, und darunter dem Slogan »Whoever finds a plot will be shot!« Ein hepatitisgelber Zettel an der Wand mit dem Text: **»RATSCHLAG FÜR SEXUELLE BELÄSTIGUNG IM SENDER. Ratschlag für Redakteure: Wenn Sie die Beschwerdeformulare zur sexuellen Belästigung in der untersten Schublade aufbewahren, erhalten Sie, wenn sich die Frau eines hervorholt, einen wunderbaren Blick auf ihren Arsch.«** Ein Mobile mit kleinen Vögelchen.

Endlich flog die Tür auf, und der Dicke stürzte in den Raum. Er hatte eine Glatze und trug eine Brille mit blau spiegelnden Gläsern, wie es dieses Jahr in Mode war. Dynamisch schüttelte er Francine die Hand. »So, jetzt. Mein Name ist Hiob, Jürgen Hiob, leitender Redakteur für unsere neue interaktive Real-Life-Game-Show FOX. Und Sie möchten sich dafür bewerben?«

Francine stockte einen Moment mit der Antwort, brachte sie aber schließlich über ihre Lippen. »Ja, das möchte ich gerne.« Sie hoffte, dass sie sich unterwürfig genug anhörte.

»Sie wissen, worum es geht?« Er machte sich an der Webcam zu schaffen.

»Ja. Das Grundprinzip der Sendung ist mir bekannt.«

»Okay.« Er ließ sich in seinen Sessel hinter dem Schreibtisch fallen und musterte seine Bewerberin. Feuerrotes Haar, gerade passend für eine Fuchsjagd. **Dazu ein Gesicht wie ein Sahnebaiser und einen Körper, der bei jedem Betrachter mit Eiern in der Hose unweigerlich das Bedürfnis wecken würde, spontan drüberzuspringen.** Man hätte keine bessere Kandidatin für die Sendung finden können, wenn sie sich wirklich gegen Tausende von Mitbewerberinnen hätte durchsetzen müssen. So war es ein geradezu unglaublicher Glücksfall.

Francine wies mit dem Kopf zur Webcam. »Läuft die?«

»Yup. Für mein… äh… Einführungsinterview mit Ihnen.« Er lachte. »Wenn wir uns für Sie entscheiden, stellen wir es ins Netz.«

Francine richtete sich zu ihrer vollen Größe auf, drückte ein wenig die Brust heraus und zwang den Drang nieder, sich mit der Hand noch einmal durch die Haare zu fahren. »Was möchten Sie denn wissen?« Für einen Moment sackte ihr die Stimme weg, und sie räusperte sich.

»Sie haben eben gesagt, dass Sie wissen, worum es in unserer Sendung geht. Ich fasse es trotzdem noch einmal für unsere Zuschauer zusammen. Der Titel unserer Gameshow lautet FOX. Wenn wir uns für Sie als Kandidatin entscheiden, dann werden Sie bei unserer kleinen Jagd der Fuchs sein. Ihre Aufgabe wird dann schlichtweg darin bestehen, in der City zu überleben, ohne von unseren Häschern gefangengenommen zu werden. Soweit ist alles klar, nicht?«

»Klar.«

»Nur wird das von uns geplante Format einen dreifachen Kitzel beinhalten, der diese Jagd für Sie etwas schwieriger und für unsere Zuschauer attraktiver machen soll. **Die erste Auflage für Sie wird darin bestehen, dass Sie bei dieser Jagd mit nichts anderem bekleidet sein werden als mit einem etwas längeren T-Shirt unseres Senders. Sonst nichts.** Damit müssen Sie für die Dauer unseres Spiels in der Innenstadt überleben. Trauen Sie sich das zu?«

Francine schluckte. »Ja, ich glaube, das kann ich bringen.«

»Und Sie glauben nicht, dass Sie sich dabei wie **die letzte Schlampe** vorkommen würden?«

»W-wie bitte?«

Hiob lächelte. »Sorry, aber in unser Casting soll ja auch ein wenig der Charakter der Bewerberinnen eingehen. Außerdem interessieren sich ja auch unsere Zuschauer dafür, was für ein Typ Frau Sie sind.«

»Also ich… « Francine stellte fest, dass sie nahe daran war, ins Stammeln zu geraten. »Ich gaube, ich könnte… ich würde mir das schon zu trauen.«

Hiobs Grinsen wurde breiter. »Okay. Aber Sie kennen auch Ihre zweite Auflage, wenn wir uns denn für Sie entscheiden sollten. **Falls Sie von einem Zuschauer unserer Sendung erkannt und angesprochen werden sollten, haben Sie ihm für sexuelle Gefälligkeiten zur Verfügung zu stehen.«**

Francines Kehle schnürte sich immer enger zusammen. »Darüber bin ich informiert.«

Hiob machte eine beschwichtigende Geste. »Wobei das für Sie mit großer Wahrscheinlichkeit nur ein theoretisches Problem darstellen wird. Sie wissen ja, dass sich in den letzten vier bis fünf Jahren die Internet-Sender auf dem Markt drängeln und gegenseitig die Zuschauer wegnehmen. Unsere eigene Quote ist auch alles andere als hoch. Eben das wollen wir ja durch innovative Formate wie dieses hier verändern. Aber letztlich ist die Chance in einer Millionenstadt wie dieser hier, dass Sie ausgerechnet auf jemanden treffen, der unsere Sendung kennt, doch extrem gering.«

Francine nickte stumm.

»Bleibt also lediglich unsere dritte Auflage, und auch das ist keine große Sache. Sie müssten sich damit einverstanden erklären, dass wir Ihnen spezielle Kontaktlinsen einsetzen, die über einen Chip alles, was Sie vor Augen haben, ins Netz übertragen werden. Das soll es zum einen unseren Jägern überhaupt erst ermöglichen, Sie zu finden, und zum anderen die Show für die Zuschauer attraktiver machen, die auf diese Weise Ihre Wahrnehmung teilen würden. Natürlich kämen für eine andere Perspektive die Aufnahmen der Ü-Kameras dazu. In Ihre Ohren wiederum werden winzige, aber höchst leistungsstarke Mikrofone installiert. Wären Sie auch damit einverstanden?«

»Ja. Das… wäre kein Problem.«

»Gut, dann nur noch ein paar Fragen zu Ihrer Person. Sie sind Studentin, sagten Sie?«

»Ja.«

»Was studieren Sie?«

»Kommunikations- und Kulturwissenschaft.«

»Warum möchten Sie bei diesem Spiel mitmachen? Ist es reiner Exhibitionismus, **weil Sie schon immer gerne mal halbnackt durch die Fußgängerzone laufen wollten** und dafür gerne ein Alibi hätten?«

Francine stieß ein Geräusch aus, das zwischen einem Auflachen und einem empörten Schnauben lag. »Was? Nein! Nein, das wohl kaum. Es ist… also zum einen ist es eine Herausforderung…«

»…und zum anderen reizen Sie vielleicht auch die eine Million Euro Preisgeld ein wenig, die Sie erhalten würden, wenn Sie die Jagd überstehen und sich zum vereinbarten Zeitpunkt auf dem Gelände unseres Senders wiederfinden würden?«

»Na ja…« Sie rang sich ein kokettes Lächeln ab. »Zu verachten ist das natürlich nicht.«

»Sie wissen aber auch, dass Sie für dieses Spiel einen finanziellen Einsatz leisten müssen, der selbst nicht ganz unbeträchtlich ist? Wir können es uns schließlich nicht leisten, dass unsere Kandidatin mitten im Rennen aussteigt, weil sie plötzlich erkennt, dass sie ihr Durchhaltevermögen doch überschätzt hat.«

»Ich bin gerne bereit, diesen Einsatz zu leisten.«

»Was ja, wie schon gesagt, keine geringe Summe ist. Woher hat man heutzutage überhaupt soviel Geld als Studentin? Schaffen Sie in den Semesterferien regelmäßig bei ›Slaves R Us‹ als… wie nennen die das? ›Besondere Begleiterin‹ ?«

Sie ging nicht darauf ein. »Mein Vater hat schon eine Lebensversicherung für mich angelegt, als ich noch ein Kind war. Die ist letztes Jahr zur Auszahlung gekommen.«

»Wir würden Ihnen auch eine Alternative anbieten. Falls Sie das Spiel vorzeitig abbrechen und dadurch unsere Sendung zerstören, wäre der Verlust an Werbekunden für uns natürlich wesentlich höher, als selbst Ihr finanzieller Einsatz auffangen würde. Sie müssten sich für diesen Fall also vertraglich verpflichten, uns für einen SM-Erotikfilm als… hm… passive Hauptdarstellerin zur Verfügung zu stehen. Könnten Sie sich so etwas vorstellen? **Vor der Kamera gefesselt und ausgepeitscht zu werden**, meine ich?«

Francine wurde sichtlich immer unwohler. »Ich habe nicht vor, Ihre Sendung zwischendrin platzen zu lassen.«

Eine erneute beschwichtigende Handbewegung. »Es ist halt nur so, dass Sie sich über all das von vorneherein im klaren sein müssen. Haben Sie denn einen starken Sexualtrieb?«

»Verzeihung?«

»Immerhin würden Sie sich als unsere Kandidatin für längere Zeit in einer Situation befinden, die einerseits erotisch aufgeladen ist, wo andererseits aber zunächst mal kein Partner für Sie zu finden ist. **Sie werden in Ihrer Aufmachung schließlich kaum wildfremde Männer dazu auffordern, Sie mal ordentlich durchzuballern.«**

Francine hatte immer mehr den Eindruck, dass die Demütigungen, die sie in diesem Vorstellungsgespräch über sich ergehen lassen musste, das eigentliche Testverfahren waren. Wenn Sie dem allem standhielt, würde sie sich auch als würdige Kandidatin für diese Show erweisen. Wenn ihr die Nerven durchgingen und sie schnippische Antworten gab oder das Gespräch abbrach, wäre die Sache für sie gelaufen.

»Ich glaube, ich werde es schon schaffen, ohne mich rollig auf dem Boden zu wälzen.«

»Kommen wir zurück auf die erotischen Dienste, für die Sie unseren Zuschauern eventuell zur Verfügung stehen müssen. **Haben Sie zum Beispiel überhaupt schon einmal einem Mann einen geblasen?«**

»Ich… ja, das habe ich schon einmal gemacht.«

»Auch öfter? Hat es Ihnen Spaß gemacht? Würde es Ihnen Spaß machen, wildfremden Kerlen einen zu blasen?«

Ihr Gesicht hatte immer noch nicht denselben Rotton wie ihr Haar erreicht. »Ich denke, das kann man erst in der konkreten Situation entscheiden.«

Hiob schmunzelte. »Was sind denn überhaupt so Ihre Masturbationsgewohnheiten?«

»Bitte?«

»Sie wissen ja: Alles, was Sie sehen, sieht auch der Zuschauer. Da müssen wir schon einigermaßen wissen, womit wir rechnen müssen. Außerdem ist das wichtig, um uns ein genaues Bild von Ihnen zu machen.«

Francine rang nach Worten.

»Schatz, ich kann einfach nicht verstehen, dass du es auf dich genommen hast, auf diese unverschämten Fragen überhaupt noch zu antworten«, erklärte ihr ihre beste Freundin Veronica einige Stunden später. »Niemals hätte ich das über mich ergehen lassen! Weißt du, was ich meine? Ich hätte ihm gesagt, wohin er sich seine doofe Webcam schieben kann, und wäre aus dem Raum gestürmt. Stehenden Schrittes.« Sie stach einen Strohhalm durch den Plastikdeckel ihres Milchshakes.

Francine seufzte. »Glaubst du, es hat mir Spaß gemacht, mich da vor seinen Augen herumzuwinden? Ohne zu wissen, wer diese Aufnahmen alle zu sehen bekommen wird? Himmel, so hab ich mich noch nie geschämt, noch nie in meinem Leben. Aber mein Gott: eine runde coole Million! Steuerfrei! Du weißt selbst am besten, wie dringend ich das Geld brauche.«

»Ja, ist mir schon klar. Darum hab ich damals doch überhaupt diese Bewerbung an deiner Stelle geschrieben. Aber ich hab doch nie im Leben damit gerechnet, was für eine Sendung sie daraus machen.«

»Na ja, du wusstest immerhin, dass es ›Humiliation TV‹ war, oder?« Auch Francine hatte einen Shake mit Strohhalm vor sich stehen und nahm einen kräftigen Zug. *schlüüürf* »Dass ich in einer Obscenity-Show keine Quizfragen würde beantworten müssen, war ja wohl klar.«

Humiliation-TV / Obscenity-Shows

Vorwiegend von sadomasochistischen Holländern konzipierte, über die neuen Fernsehsender des Internet-TVs ausgestrahlte Shows, die nach den Maßstäben des vorigen Jahrtausends schon jenseits der Grenze des guten Geschmacks liegen. Als Hauptgrund für ihre Herausbildung sehen Medienwissenschaftler zum einen die immer weiter auseinanderklaffende Einkommensschere zwischen Arm und Reich, die immer mehr Menschen dazu zwingt, sich auf die eine oder andere Weise zu prostituieren, zum anderen den lustvollen Aggressionsabbau durch eine »Demütigung des Nachbarn« und zum dritten die Ideologie einer Spaßgesellschaft, die der Bevölkerung medial mehr und mehr weismacht, ohne den geringsten Einsatz an Ausbildung oder Arbeit innerhalb weniger Wochen mehr Kohle machen zu können als Shakespeare in seinem ganzen Leben. Dieser Trend begann mit der Fernsehserie »Big Brother«, in der Menschen, die nichts anderes konnten als wohnen (und selbst das nicht besonders gut), zu Kultfiguren hochgejubelt werden. Immer häufiger lautete der heimliche Slogan junger Medienkonsumenten: »Ich kann nichts, ich weiß nichts, macht mich zum Star!«

Für einige von ihnen funktionierte dieser Mechanismus auch: Unter der einzigen Voraussetzung, dass bei ihnen intellektuell keine Gefahr bestand, sie könnten etwas von politischer oder sozialkritischer Bedeutung sagen, wurden spätpubertäre Nichtsnutze zunächst in einen kameraüberwachten Container gecastet und später mit dem Einsatz einer gigantischen Marketing-Maschine auf Bravo-Poster gehievt. Je unreifer sie waren, desto begehrter waren sie, da man bei ihnen zu Recht ein größeres Konflikt-, aber auch für die Zuschauer ein größeres Identifikationspotential sah. Wo das Fernsehen seinem Publikum früher Rollenvorbilder präsentierte, weckte es in ihm jetzt das Gefühl der Erhaben- und Überlegenheit. Recht schnell verbreitete sich ein weiterer Slogan: »Wenn Nullen Anerkennung brauchen, gehen sie in den Container.« Dass die Hausbewohner der dritten Big-Brother-Staffel mit dem Gebrauch einer einfachen Kinderwippe intellektuell überfordert waren, überraschte keinen einzigen Zuschauer.

Recht bald waren die Zuschauer jedoch von dieser Deppenbrigade mehr und mehr angenervt. »Nur noch megadoof ist auch nicht mehr geil«, brachte es ein Medienkritiker auf den Punkt. Das Publikum forderte neue Formate und vor allem für die immer astronomischeren Gewinnsummen immer höhere Einsätze. Das Umrechnen von persönlicher Würde und Integrität in bare Münze war ja auch nicht gerade einfach. So mussten die Kandidaten der Big-Brother-Nachfolgesendungen beispielsweise ihr eigenes Vermögen als Sicherheit setzen (es ging verloren, wenn sie während der Show absprangen) und sich vor allem immer extremer demütigen lassen. Bereits während der ersten Big-Brother-Staffel fand sich unter den Antworten zu einer Radio-Umfrage »Was würden sie für 250.000 DM alles tun?« die Bereitschaft, sich die Zähne oder eine Hand abtrennen zu lassen. Big-Brother-Erfinder John de Mol zeigte sich indes überzeugt davon, dass er es ohne größere Probleme auch schaffen würde, für eine Russisches-Roulette-Show acht Kandidaten zu finden, die mit einem Flugzeug abstürzen sollten, in dem es nur sieben Fallschirme gab. Das war ungefähr das Niveau, auf dem die ersten Obscenity-Shows stattfanden, nur dass anstatt mit Todesgefahr mit Erniedrigungen der Kandidaten gespielt wurde.

Aus diesem Grund etablierte sich als Synonym zu dem Begriff der Obscenity-Shows bald auch der Ausdruck »Humiliation TV«. Dieses Subgenre orientierte sich weniger an »Big Brother« als an Sendungen wie »Rache ist süß«, »Donnerlippchen« und »Mann-o-Mann«. Auch die von RTL II gesendete »Cash-Show«, in der Menschen dazu gebracht wurden, für 100 DM eine Rolltreppe abzulecken oder für 300 DM die Autos fremder Leute nackt oder nur in Unterwäsche bekleidet vollzutanken, gilt hier als ein Wegbereiter. Weitere Impulse gab diesem Format auch die RTL-Reihe »House of Love«, in der sich ein junger Mann mit fünf Frauen einen Loft teilte und am Ende eines Tages beim allgemeinen Beisammensein im Bett oder im Whirlpool einer der fünf Kandidatinnen ausführlich erklärte, warum er überhaupt nicht auf sie stehe (gerne, nachdem er sie gerade gevögelt hatte) – weshalb sie sich verziehen und ihre Sachen packen solle. Was sie auch tat, zusätzlich dadurch gedemütigt, dass die Übriggebliebenen amüsiert weiter miteinander lachten und scherzten.

Der Grundgedanke einer »Humiliation-Show« besteht darin, dass die darin auftretenden Kandidaten psychisch eine Reihe von öffentlichen Erniedrigungen zu überstehen haben, um schlussendlich einen Gewinn einzuheimsen. Dabei kam es zwischen 2000 und 2010 hauptsächlich zu zwei Veränderungen dieser Sendeform: Zum einen wurden die Shows immer geschmack- und gnadenloser, um die so entstehende demonstrative Empörung von Politikern als effektives, aber kostenloses Werbemittel einzusetzen. Zum anderen hatte sich das Publikum bald daran sattgesehen, wie etwa bei Kai Pflaume und Peer Augustinski fast ausschließlich Männer in demütigenden Extremsituationen zu erleben, so dass dieses Konzept zunehmend auf Frauen ausgedehnt wurde. Dies führte spätestens dann zu entschiedenen Protesten der feministischen Bewegung, als auf entblößten Titten oder Hintern einzelner Kandidatinnen die eintätowierten Namen von Werbepartnern des jeweiligen Senders prangten. Zwar versuchte der Gesetzgeber eilfertig, den Verbotsforderungen der Feministinnen Genüge zu tun, stieß dabei aber rasch auf große Hindernisse, als er feststellte, dass sich die zu sanktionierenden Internet-TV-Sender auf Standorte außerhalb des deutschen Hoheitsgebietes zurückgezogen hatten.

Inzwischen war längst eine sich immer wieder selbst am Leben erhaltende Spirale entstanden: Während die Shows immer greller, hemmungsloser, peinlicher und unverantwortlicher wurden, gewöhnte sich das Publikum zusehends selbst an die schlimmsten Exzesse. Dadurch, dass menschliche Kontakte bis hin zur Sexualität inzwischen hauptsächlich auf der virtuellen Ebene stattfanden, wurde das Gegenüber an sich oft schon nicht mehr als echter Mensch, sondern als Datenmenge wahrgenommen – dies galt erst recht im medialen Bereich. Allzu oft konnte dem Publikum offenbar nicht mehr der geistige Aufwand abverlangt werden, zwischen einer lebenden Kandidatin und einer allein aus Pixeln bestehenden Person wie Lara Croft zu unterscheiden. Selbst als manche Sender dazu übergingen, damit zu werben, dass in ihren Shows »Echte Frauen! Keine Sims!« erniedrigt und geschunden würden, zog auch dies bei den Zuschauern nicht mehr, weil niemand von ihnen bereit war zu glauben, dass jemand ungestraft und öffentlich auf die dargestellte Weise mit echten Menschen umspringen konnte. Selbst die authentischste Dokumentation wurde unterbewusst und automatisch in die Schublade »inszenierter Fake« eingeordnet. Vor diesem Hintergrund sagen Medienphilosophen dem Obscenity- und Humiliation-TV voraus, dass seiner momentanen Hochphase ein außerordentlich schnelles Ende folgen wird: Wer wolle sich schon die Demütigung einer Kandidatin ansehen, welche in Wahrheit über gar keine eigene Psyche verfügte, die es zu brechen galt? An ihre Stelle könne eine neue Welle aggressiver Comedy-Sendungen wie der »Balla-Balla-Show« treten.

»Entschuldige, aber um in einem Quiz fett die Kohle einzusacken, bist du nicht der richtige Typ. Ich meine, versteh mich nicht falsch, Schatz, du bist schon ziemlich clever. Aber du hast halt auch nicht tonnenweise Bücher zu allen möglichen Wissensgebieten intus, weißt du, was ich meine? **Dafür hast du wirklich eine tolle Figur und siehst auch sonst klasse aus**, und das ist ja eigentlich genau das, was in solchen Sendungen gesucht wird.«

»Ja, klar. Darum mache ich da ja auch mit.«

»Okay, Francine, ich hab mir halt gedacht, du schaust dir das an, und wenn es dir nicht zusagt, kannst du immer noch abspringen.« Veronica stocherte mit dem Strohhalm in ihrem Shake herum. »Weißt du, was ich meine? **Ich hätte nie gedacht, dass du halbnackt durch die ganze Stadt marschierst!** Und einen Einsatz musst du auch hinterlegen, das ist doch voll fies.«

»Ach, den krieg ich schon irgendwie zusammen. Den bekomme ich ja auf jeden Fall wieder, auch wenn ich von den Jägern geschnappt werde.«

»Nicht wenn du das Spiel selber abbrichst.«

»Und das ist genau das, was ich auf keinen Fall tun werde. Überleg doch mal: Eine Million nur dafür, dass ich durchhalte! Die Jäger kann ich schon irgendwie austricksen. Am Anfang werden die sich gar nicht so reinhängen, weil sonst ja das Spiel schnell zu Ende wäre. In der Spätphase leg ich die schon irgendwie aufs Kreuz.«

»Und **was ist, wenn DICH jemand aufs Kreuz legt,** Schatz? Weißt du, was ich meine?«

»Ach, das ist doch nur ein gefaketes Risiko, um die Show für die Zuschauer ein bisschen spannender zu machen. Bist du im Bilde, was für niedrige Einschaltquoten ITV hat? Und selbst wenn ich dem einen oder anderen von denen über den Weg laufe… oder lass es zehn sein! Die meisten Frauen machen doch schon für ein nettes Abendessen oder eine Perlenkette die Beine breit. Ich bekäme hunderttausend Eier für jedes Mal! Also wenn sich das nicht rechnet, weiß ich auch nicht. Zumal ich das Geld wirklich dringend gebrauchen kann.«

»Ja, klar, ist mir bekannt. Nee, wenn du das alles so erklärst, hört sich das eigentlich alles ganz logisch an, Schatz. Dann kann ich dir ja wohl nur noch viel Glück wünschen.«

JUNGE FRAU FAST NACKT DURCH FUSSGÄNGERZONE GETRIEBEN!

»Kommen Sie mit den Bigelow-Sensoren zurecht, oder drücken die irgendwo?« wollte Hiob wissen.

Francine blinzelte ein paar Mal, kniff dann die Augen fest zusammen. »Nein, scheint alles einwandfrei zu sein.«

»Fein.« Hiob wandte sich seinem Techniker zu. »Ton und Bild werden problemlos empfangen?«

Der bärtige junge Mann, dessen Blick auf einen Monitor gerichtet war, reckte bestätigend seinen Daumen in die Höhe. »Virilioptricon einwandfrei.«

Bigelow-Sensor/Virilioptricon

Früher als erwartet kam es im ersten Jahrtausendsjahrzehnt infolge einer immensen Ausweitung der transhumanistischen Medizin (vgl. www.transhumanismus.de) zu einer cyborgartigen Erweiterung des menschlichen Körpers durch technische Implantate. Der Bigelow-Sensor stellt, auf Laienniveau heruntergebrochen, eine Art Kontaktlinse dar, die problemlos im menschlichen Auge getragen werden kann und so die wahrgenommenen Bilder über einen Mikrochip von Nanogröße an ein Virilioptricon als Empfangsgerät sendet. Dieses wiederum ist in der Lage, aus den erhaltenen Informationen ein Fernsehbild zusammenzusetzen, so dass genau das, was der Träger des Sensors sieht, auch von zahllosen anderen Menschen gesehen werden kann. Der Grundstein für diese Technologie, die auch Blinden zunehmend das Sehen ermöglicht, wurde noch im alten Jahrtausend von William Dobelle vom Presbyterian Medical Center gelegt.

»Okaaayyy.« Hiob rieb sich angespannt die Hände. »Ich darf dich noch einmal daran erinnern, dass du besser nicht versuchen solltest, die Dinger eigenhändig zu entfernen. Das wäre nicht nur gegen die Spielregeln, sondern würde ohne die Hilfe eines Profis auch unweigerlich danebengehen.

Schlimmstenfalls könntest du dir einen schweren Augenschaden zuziehen. Ja, ansonsten wäre damit die technische Sache klar.« Er griff auf einen Tisch hinter sich und nahm ein dort liegendes T-Shirt auf. »Francine, wenn ich Sie dann bitten dürfte…?«

Francine spürte, wie der Kloß in ihrem Hals immer dicker wurde. Die ganze Zeit über hatte sie sich durch die technische Seite der Angelegenheit ablenken können. Das kleine Studio, in dem sie sich mit Hiob und dem jungen Techniker befand, war vollgestellt mit Gerätschaften aus dem Bereich der Neuen Medien: diversen Webcams, Computern, Übertragungsmodulen, GHD-Receivern und vieles andere. Darauf und auf die Anpassung der Kontaktlinsen wie der Ohrmikrophone hatte sie ihre Aufmerksamkeit gerichtet. Nun aber war unweigerlich der Moment gekommen, wo es zur Sache gehen würde.

»Jetzt gleich?« fragte sie, und trotz aller zur Schau gestellten kühlen Selbstbeherrschung konnte sie ein Zittern in ihrer Stimme nicht unterdrücken. »Hier?«

»Tja, Sie kennen ja unseren Sendeplan. Die Show beginnt in wenigen Minuten. Und bei dem, was Sie sich für die nächsten Tage vorgenommen haben, wäre das jetzt wohl der falsche Zeitpunkt, Keuschheit zu entwickeln.«

Francine starrte einen Augenblick in die Runde, dann nickte sie**. Es war ihr klar, dass keiner der Männer im Raum seine Augen von ihr ließ, als sie sich mit flatternden Fingern die Bluse aufknöpfte, dann über die Schultern gleiten ließ.** Ihr BH folgte. Sie stieg erst aus dem einen ihrer magentafarbenen Pumps, dann aus dem anderen, streifte schließlich ihren Rock die Beine herab. **Sie hielt einen letzten Moment inne, dann fügte sie sich endgültig und schlüpfte auch aus ihrem Slip.**

Hiob ließ sich vielleicht ein paar Sekunden zu lange Zeit, bevor er ihr das zusammengefaltete Shirt reichte. Francine riss es ihm aus der Hand, schlug es auf und streifte es sich mit einer entschlossenen Bewegung über den Kopf. Es reichte ihr höchstens zu einem Viertel über die Oberschenkel, erkannte sie, als sie ihre Reflektion in einem der Monitore erblickte. **Gerade so, dass man nicht auf den ersten Blick erkennen konnte, dass sie darunter splitternackt war.** Nur vorbeugen sollte sie sich damit besser nicht. Ihr Atem war zu einer starren Eisenstange in ihrem Brustkorb geworden, und ihr Blut hämmerte ihr in den Ohren.

»Schick«, kommentierte Hiob trocken. »Mal schauen, vielleicht löst unsere Show eine neue Modewelle aus. Wäre ja auch nicht das erste Mal.« Er lachte.

Francine musste sich beherrschen, ihre plötzlich schweißnassen Hände nicht an ihrem Shirt abzuwischen.

»Okay, dann komm mit in die Garage«, forderte Hiob sie auf und war bereits unterwegs, um den Raum zu verlassen.

»I-in die Garage?« Francine folgte ihm zur Tür.

»Ja. Die Spielregeln unserer Sendung sehen vor, dass die Fuchsjagd in der Fußgängerzone beginnt, erinnerst du dich?«

Er führte sie hinüber zu einem dunkelgrauen Sedan und ließ sie vor sich in den Fond steigen. Mit sichtlich errötetem Gesicht nahm Francine neben ihm auf der Rückbank Platz. Sie spürte das Polster unter ihrer Haut. Einer der Techniker warf sich hinter das Lenkrad. Mit einer Fernbedienung ließ er das Garagentor in die Höhe gleiten. Die Fahrt begann.

»Und? Wie fühlst du dich?« wollte Hiob von ihr wissen. Er sah sehr glücklich aus.

»Ich weiß nicht, was Sie hören wollen«, erwiderte Francine etwas patzig. »Aufgeregt natürlich.«

Hiob lachte.

Mit einer beängstigenden Geschwindigkeit glitten draußen die Straßen vorbei. In diesen Sekunden konnte Francine nichts anderes hören als das Hämmern ihres Herzens.

Wie sie es geschafft hatten, die Strecke in nur wenigen Atemzügen zurückzulegen, würde sie vielleicht nie verstehen. Aber von einem Lidschlag auf den anderen waren sie angekommen. Hiob beugte sich über sie, **schob sich dabei allzu dicht an ihrem Körper vorbei**, und öffnete auf ihrer Seite den Wagenschlag.

»Also dann«, sagte er.

Francine starrte hinaus in die fremde, feindliche Welt, die sie so schutzlos betreten sollte. Fast in Zeitlupe glitt sie von der Rückbank herab. **Auf dem Polster blieb eine feuchte Stelle zurück. Ihr linker Fuß ertastete den Asphalt.**

Hiob hatte sich in der Bank zurückgelehnt und sah ihr geduldig zu.

Endlich stand Francine draußen auf dem Trottoir. Der Wind zerzauste ihr Haar.

»Also dann«, sagte Hiob noch einmal. »Wollen wir für die Fuchsjagd ins Horn stoßen. Von diesem Moment an bist du nicht länger Francine Descartes. Ab sofort bist du Fox.«

Er spitzte die Lippen, um ihr einen ironischen Abschiedskuss zuzuwerfen, und zog dann die Tür ins Schloss. *wump!*

Der Wagen brauste davon. *vroommm*

Fox blieb zurück.

Das Spiel hatte begonnen.

Jasmin hatte das Radio so laut gestellt, dass sie die einschmeichelnden Klänge von Natalie Cole noch unter dem Strahl der Dusche hören konnte *prassel*. Sie genoss es, wie das wohltemperierte Wasser ihren **nackten Körper** herabrann, verteilte das Duschgel auf ihrer Haut und sang leise mit. Sie war gerade dabei, sich ihre **schlanken, langen Beine** einzuseifen, als das Schrillen der Türglocke Wasserstrahl und Musik übertönte.

Jasmin runzelte die Stirn. Um diese Uhrzeit hatte sie eigentlich mit keinem Besuch gerechnet, und sie konnte sich auch nicht denken, wer das sein würde. Ihr Verlobter Dirk war noch bis Ende des Monats auf Geschäftsreise in München, die meisten anderen Bekannten hätten sich vorher angemeldet.

Es schrillte erneut. *rrrrrrriiinnngg* Wer immer es war, er ließ seinen Finger ziemlich lange auf dem Klingelknopf. Natürlich: Er konnte die Musik auch draußen hören und war so sicher, dass sie zu Hause war.

Leise vor sich hinschimpfend, drehte Jasmin die Brause ab und trat aus der Kabine. Sie griff nach einem Handtuch, um sich hektisch wenigstens oberflächlich trockenzurubbeln.

Das Schrillen der Klingel wurde immer fordernder.

»Ich komme ja!« rief Jasmin und schlüpfte in ihren Bademantel, noch während sie durch den Flur eilte. Nasse Haarsträhnen hingen ihr im Gesicht.

Sie öffnete die Tür ihrer Wohnung. Im Treppenhaus stand Dirk.

»Hoppla!« rief sie aus. Freudige Überraschung trat auf ihr Gesicht. »Wo kommst du denn schon her? Ich dachte, du bist…«

Dann sah sie den entschlossenen Ausdruck in seinem Blick und die auf sie gerichtete Pistole in seiner Hand. Ihre Überraschung verwandelte sich in Entsetzen.

»Dirk?«

Er stieß sie heftig gegen die Brust, so dass sie zurück in die Wohnung taumelte. Ihre noch nassen Füße machten es ihr ohnehin nicht leicht, nach diesem Stoß auf den Beinen zu bleiben. **Der Bademantel klaffte auf.**

»Du verdammtes Flittchen!« Dirk folgte ihr in die Wohnung und ließ hinter sich die Tür zufallen *wham!*. **»Du mieses kleines Hurenstück!«**

»Dirk, was soll das? Ich...« Er schlug zu. Sie wurde herumgeschleudert, glitschte aus und stürzte zu Boden. **Halbnackt lag sie jetzt vor seinen Füßen**. Verächtlich blickte er auf sie herab, noch immer die Mündung der Waffe zwischen ihre Brüste gerichtet.

»Du Dreckstück! Macht dir das Spaß, ja? **Einerseits meine treue Verlobte zu spielen und dich andererseits im Internet von allen möglichen Cyber-Perversen elektronisch ***** und quälen zu lassen?** Ich hab gedacht, ich werd nicht mehr, als ich dich auf meinem Bildschirm gesehen habe, **geil, mit weit offenen Beinen und schreiend vor Lust.«**

»Dirk, ich bitte dich, wir können doch darüber...« Er trat sie in die Seite, mit voller Wucht. Jasmin schrie auf. Tränen schossen ihr in die Augen.

»Hast du dir mal überlegt, wie das ist, wenn dich einer meiner Freunde so im Netz sieht? Einer, der dich kennt? Der denkt, wir gehören zusammen, und dann lässt du dich da life vor aller Welt durchknallen? Was soll der denn von mir halten? Dass ich mich von einer Nutte verarschen lasse?«

»Dirk, hör zu, das ist doch nicht... das ist doch... « Von heftigem Schluchzen geschüttelt, bekam sie keinen klaren Satz zusammen. Furcht, Scham und Schmerz hatten sie überwältigt. **Sie versuchte davonzukriechen, aber Dirk blieb über ihr.** Er trat ihr ein weiteres Mal so heftig wie möglich in die Seite. Wieder schrie sie auf.

Dann ließ er sich auf sie fallen, mit all seinem Gewicht. Jasmin blieb für einen Moment die Luft weg. Er nagelte sie am Boden fest, ein Bein rechts, eines links von ihr, so hockte er auf ihr. **Die Pistole war nur Zentimeter von ihrem Gesicht entfernt. Jasmin wimmerte.**

»Na?« sagte er. **Seine freie Hand hatte eine ihrer Brüste gepackt und machte sich grob daran zu schaffen, presste und drehte.** Aus Jasmins Mund drangen Geräusche, die sich nach einer Mischung aus Jammern, Stöhnen und Würgen anhörten. In seinen Augen lag nur Hass. »Du mieses kleines Luder! **Du willst gequält werden? Den Gefallen kann ich dir gerne tun**, meine Liebe. Aber nein... du widerst mich viel zu sehr an dafür.« Er spuckte ihr ins Gesicht. »Bringen wir es am besten so schnell wie möglich hinter uns.«

Jasmin versuchte noch einmal etwas zu sagen, aber da hatte sie bereits den Lauf der Waffe zwischen ihren Zähnen.

»Die Show ist vorbei«, erklärte ihr Dirk. »Standbild. Ausblende.«

Dann drückte er ab. *wumpf!*

Zwischen seinen Schenkeln explodierte Jasmins Kopf. Blut, Gewebe, Knochen und Hirnmasse spritzten in alle Richtungen davon.

Währenddessen schritt Fox durch die Fußgängerzone.

Ihr Herz schlug immer noch bis zum Hals. **Jeden Windhauch, jedes Lüftchen spürte sie zwischen ihren Beinen und an ihrer so offen liegenden Muschi. Sie hatte das sie bis ins Innerste durchdringende Gefühl, dass jeder der anderen Passanten sie kaum verhohlen anstarrte und auf den ersten Blick erkannte, dass sie unter ihrem Shirt nichts anderes mehr trug. Schon nach wenigen Sekunden kam sie sich wie eine geistesgestörte, notgeile Schlampe vor, und der Puls hämmerte in ihren Schläfen.**

Wieder und wieder musste sie sich ins Bewusstsein rufen, dass ihr Anblick für Uneingeweihte zwar etwas ungewöhnlich sein mochte, aber doch längst nicht offen obszön. Viele Frauen waren in ähnlicher Aufmachung am Strand und in Schwimmbädern zu sehen. Dass Fox unter ihrem Shirt splitternackt war, wusste ja niemand. Niemand außer ihr selbst.

Und das war genau der Punkt: Sie selbst wusste es. **Ihr war klar, dass nur ein plötzlicher Windstoß ihr Shirt hochwirbeln, dass sie sich nur vorzubeugen oder umzuknicken brauchte, und schon würde es auch für jeden anderen offensichtlich sein.** Außerdem war sie eben nicht am Strand, sondern mitten in der Fußgängerzone, und sie trug auch keinen kurzen Rock, sondern lediglich ein etwas längeres Hemd. Sie konnte sich einfach nicht beherrschen und zerrte wie unwillkürlich wieder und wieder daran, versuchte verzweifelt, es nur ein wenig mehr in die Länge zu dehnen. Aber recht schnell wurde ihr klar, dass sie damit erst recht die Blicke auf sich zog.

Es war früher Nachmittag, und in der Fußgängerzone tummelte sich bereits die Bevölkerung der Stadt. Fox gab ihr Bestes, um mit hocherhobenem Kopf, leerem Gesicht und nach vorne gerichteten Blick voranzuschreiten und so wenig wie möglich um sich herum wahrzunehmen. Und vor allem mit niemandem einen Blickkontakt einzugehen! Aber gleichzeitig war sie für alles, was um sie herum vorging, hypersensiblisiert. Vor einem Straßencafé saßen ein paar marxistische Maskulisten mit ihren unverkennbaren roten Halstüchern um einen Tisch und lachten schallend – worüber? Über sie? Der alte Mann mit der Einkaufstüte dort drüben: Starrte er sie wirklich so intensiv an? Zog diese übergewichtige Mutter, die ihr entgegenkam, ihr Kind ihretwegen in eine andere Richtung oder hatte sie lediglich in einem der Schaufenster etwas Interessantes erspäht? Fox stellte fest, dass ihr der Schweiß zwischen den Brüsten herabrann.

marxistische Maskulisten

Zu Beginn des dritten Jahrtausends begann sich zunächst im Internet und vereinzelten Druckwerken eine neue Männerbewegung herauszubilden, die jetzt von ihrer Seite soziale und politische Gleichstellung für das männliche Geschlecht forderte. Lange Zeit wurde diese Strömung von den Medien ignoriert, die sich nicht dem Vorwurf der Frauenfeindlichkeit durch Propagierung dieser Positionen aussetzen wollten. Allerdings wurde die maskulistische Bewegung bald von einer so großen Menge weiblicher Anhänger unterstützt, dass auch dieses Tabu gebrochen werden und Männerpolitik ein Thema werden konnte. Leider führten bereits die ersten Erfolge auch zu ersten Grabenkämpfen innerhalb des Maskulismus, so dass es zu Erodierungen und Spaltungen in Konservative, Liberale und andere Strömungen kam. Einer der neu entstandenen Untergruppen, den marxistischen Maskulisten, zufolge kann Kritik an der Frauenherrschaft immer nur in Verbindung mit Kapitalismuskritik gedacht werden. Das weibliche Geschlecht könne seine Wünsche nicht etwa deshalb durchsetzen, weil es die meisten Wähler stelle und den größten Einfluss auf die Medien nehme, wie es der bürgerliche Maskulismus noch behauptet hatte, sondern weil es zumindest in der westlichen Welt die größte Kundengruppe darstelle und über den größten Teil sämtlicher privaten Vermögen verfüge. Wenn männliche Körper also etwa durch Kriegsdienst oder gesundheitlich ruinöse Berufe sich selbst entfremdet, ausgebeutet und letztlich vernichtet würden, dann sei das auf gleichermaßen kapitalistischen wie sexistischen Ursachen begründet. Obwohl sich hier eine gewisse Logik nicht leugnen lässt, wird der marxistische Maskulismus selbst unter dem linken Flügel der Männerbewegung mit dem Argument abgelehnt, die Aufspaltung und das Gegeneinander-Hetzen von Männern und Frauen sei ja gerade der Trick, mit dem die reaktionären Machthaber in dieser Gesellschaft von einer Debatte über die wahren Probleme im Zusammenhang mit Unterdrückung und Ausbeutung ablenken wollten.

Sie versuchte, ihre Gedanken in andere Bahnen zu zwingen. Schließlich musste sie sich ohnehin mit der Frage beschäftigen, wie sie bis zum Ende des Spiels mit nicht mehr als einem Shirt mitten in der Stadt überleben sollte. Natürlich hatte sie kurz vor Begin der Jagd ausgiebigst gespeist, so dass sie zumindest die nächsten Stunden über erst einmal nicht von Hunger geplagt sein würde. Bis dahin hatte sie sich hoffentlich an ihre Situation gewöhnt und würde genügend Mut und Nervenstärke aufbringen können, um in einer Bäckerei oder auf dem Markt die Verkäufer darum zu bitten, dass sie ihr kostenlos die Reste überließen, die sonst weggeworfen worden wären. Ob sie in ihrer Aufmachung als Bettlerin besonders überzeugend wirkte, wusste sie nicht zu sagen. Aber ihre Attraktivität hatte ihr schon oft geholfen, von anderen Leuten Hilfe zu erhalten. Ihre Notdurft würde sie im Kurpark und in anderen versteckten Winkeln verrichten können. Schließlich verfügten zum Beispiel auch die Kaufhäuser über kostenlose öffentliche Toiletten. Die Nächte würde sie vermutlich unter freiem Himmel verbringen müssen, aber es war August, und bei diesen Temperaturen bestand zumindest keine gesundheitliche Gefahr. Ein Obdachlosenasyl aufzusuchen, hielt sie in ihrer Aufmachung für eine weniger gute Idee. Zudem hatte sie sich immer schon vor diesen Quartieren geekelt und war trotz gelegentlicher Überredungsversuche ihrer Clique nicht einmal zum City-Rafting bereit gewesen, eines von ihnen aufzusuchen.

City-Rafting

Ultrahipper Abenteuerurlaub der neuen Oberschicht, also der Dotcoms etc., welcher nicht mehr in möglichst unzugänglichen Regionen fremder Länder stattfindet, sondern im Moloch der eigenen Stadt. In den Metropolen gibt es zunehmend mehr und immer größere Regionen, in denen ein Aufenthalt für Uneingeweihte hochspannend oder auf andere Weise reizvoll sein kann. Typische Angebote sind etwa, im Ghetto den unter Entzugserscheinungen stehenden Fixern beim nächtlichen Aufbrechen von Mauern und Pflastern auf der Suche nach versteckten Drogen zuzusehen oder sich als Penner verkleidet in den Unterkünften oder an anderen Aufenthaltsorten von Obdachlosen herumzutreiben.

Drei oder vier Jugendliche schossen auf Inlinern an ihr vorbei. Fox wich erschreckt zur Seite. **Einer stieß einen anerkennenden Pfiff aus, ein anderer machte eine anerkennende Bemerkung wegen ihrem »Arsch«.** Sie verstand in diesem kurzen Moment nicht genau, was er gesagt hatte.

Aber schon dieses sekundenschnelle Zusammentreffen erschütterte sie zutiefst. Für einen Moment hatte sie sogar fast das Gefühl, aus der Welt zu kippen. Wie viel sah man wirklich von ihrem Körper? Und wie nahm man das wahr, was man sah? Immerhin: Sie *war* eine leichtbekleidete Frau mit einer ansprechenden Figur. Auch wenn sie Schuhe und Unterwäsche getragen hätte, hätte sie mit ihren Beinen und ihrem Outfit die Blicke auf sich gelenkt. Vermutlich war es gerade andersherum, als sie zunächst vermutet hatte: Sie redete sich nicht ein, dass jeder zu ihr hinsah, während ihr die meisten Menschen in Wahrheit überhaupt keine Beachtung schenkten, nein, tatsächlich war es so, dass sie die Aufmerksamkeit sehr vieler auf sich zog, die meisten aber versuchten, sich ihr Interesse nicht direkt anmerken zu lassen.

Sie musste hier weg. Fort von diesem allzu öffentlichen Ort. Aber wohin, in diesem Aufzug? Wenn sie früher Zeit totschlagen, sich aber gleichzeitig nicht einem Kaufrausch ausliefern wollte, hatte sie oft einige Stunden in der Stadtbibliothek verbracht. Aber so, wie sie gekleidet war, würde sie dort wie ein Fremdkörper wirken und noch mehr im Mittelpunkt des Interesses stehen. Außerdem musste sie immer in Bewegung bleiben, um es den

Jägern dann doch nicht allzu einfach zu machen. Aus demselben Grund schied der Stadtpark aus. Lediglich nachts war sie den Spielregeln zufolge vor dem Zugriff ihrer Häscher geschützt, weil sie sonst überhaupt keine Chance gehabt hätte zu schlafen. Theoretisch konnte sie die Kaufhäuser und Einkaufspassagen durchforsten, aber sie hatte ein wenig Angst, mit der Rolltreppe zu fahren: **War es nicht sehr gut möglich, dass ihr jemand von unten aus dem richtigen Winkel direkt zwischen die Beine sehen konnte?** Ihr kam der Gedanke, einfach ein paar Stunden mit den Bussen oder der Stadtbahn hin- und herzufahren. Wenn sie sich dort in die letzte Reihe setzte, würde sie dort sogar sämtlichen schrägen Blicken entgehen können. Allerdings hatte sie natürlich weder Geld, noch ihr Studenten-Ticket dabei. Wenn sie ein Kontrolleur erwischte, würde sie nicht nur erst recht die allgemeine Aufmerksamkeit auf sich ziehen, sie würde sich auch nicht ausweisen können. Also würde die Polizei eingeschaltet werden müssen, und die würde sie festnehmen. Auf der Polizeiwache würden sie dann die Häscher des Senders problemlos stellen können. Andererseits konnte sie dem Risiko einer Fahrt mit Bus, Stadt-, oder U-Bahn nicht völlig ausweichen…

Natürlich hatte Fox sich auch schon vor Beginn des Spiels Gedanken über ihre Strategie gemacht und sich genau überlegt, was sie tun sollte. Sie hatte lediglich nicht damit gerechnet, dass sie sich in ihrer Aufmachung doch dermaßen verschämt und befangen fühlen würde. Aber sie musste sich einfach im klaren darüber sein, dass es ihr Hauptinteresse war, die Jäger abzuschütteln. Wenn sie einfach zu Fuß weitermarschierte, würden sie sie sofort in die Fänge bekommen. Alles, was sie sah, so auch die Namen sämtlicher Kaufhäuser und Geschäfte um sie herum, würde im Internet zu sehen sein. Jetzt im Augenblick etwa musste den Jägern vollkommen klar sein, dass sie sich nur wenige Meter vom CULTURE SHOCK entfernt befand, einem angesagten Buchladen der City, der sich momentan auf transgene Literatur spezialisiert hatte. Sie würden nur zuzugreifen brauchen.

Transgene Literatur

Diese Bezeichnung wurde 2005 von dem belgischen Schriftsteller Gilbert Semois für jene von ihm mitbegründete Literaturform geprägt, deren Ziel die künstlerische Umsetzung aktueller wissenschaftlicher Entwicklungen ist. So wie Biogenetiker und andere Wissenschaftler in existierende Körper beispielsweise durch therapeutisches Klonen, aber auch andere Maßnahmen (etwa das Injizieren embryonaler Zellen in das Gehirn von Parkinson-Patienten) fremde Organe oder zumindest fremdes Gewebe eindringen lassen, so inkorporiert die transgene Literatur in bestehende Texte von anderen Autoren vorgenommene Veränderungen. Beispielsweise kann Autor A eine Erzählung schreiben, Autor B ersetzt daraufhin die darin enthaltenen Dialoge durch seine eigenen, Autor C tauscht die Landschaftsschilderungen aus, Autor D setzt einen anderen Schluss ein und so weiter. Nachdem der Geniegedanke der Klassik und die Autorentheorie ohnehin schon von eher rezipientenorientierten Interpretationstechniken wie dem radikalen Konstruktivismus verdrängt wurden, verabschiedete sich durch die transgene Literatur nun auch die Vorstellung vom individuell geprägten Kunstwerk. Wiewohl Kritiker befürchteten, dass durch diese Literaturform der Schriftsteller zum Fließbandarbeiter verkomme, gelang es transgenen Autorenkollektiven, beispielsweise mit »Die Massenermordung von Jean Jaurès«, beeindruckende Werke zu schaffen.

Also suchte sie die nächste Bushaltestelle auf. In den wenigen Minuten, die sie warten musste, stieg ihre Nervosität noch einmal an. Fox hoffte, dass sich ihre Unruhe nach einer gewissen Zeit endlich legen würde, sonst würde sie zum Schluss der Jagd von einem hysterischen Huhn nicht mehr zu unterscheiden sein. Endlich nahte der erste Bus. **Fox trat mit gesenktem Kopf hinein**, achtete darauf, keineswegs ins Auge zu fassen, um welche Linie es sich handelte. Auch die Blicke der anderen Fahrgäste, an denen sie sich vorbeischieben musste, ignorierte sie. Hinter ihr glitt die Tür zu. *shoosh* Sie fand einen Sitzplatz, schloss die Augen und versenkte den Kopf in den Händen. So wartete sie eine bestimmte Zeitspanne, von der sie annahm, dass es sich dabei um etwa fünfzehn Minuten handelte. Dann stieg sie aus, immer noch den Blick zu Boden gerichtet, um nicht versehentlich den Namen der Haltestelle zu lesen.

Sie fand sich in einem Viertel wieder, das sie nicht kannte: offenkundig ein Wohn- und Geschäftsviertel, das nicht mehr zur City, aber auch noch nicht zur Vorstadt gehörte. Die schmutzigen Hauswände waren mit Graffiti besprüht. **»DAS LEBEN: EIN PORNO«** stand dort etwa in fetten, schwarzen Lettern treffend zu lesen. Fox schlug willkürlich den Weg in irgendeine Richtung ein.

Sie rechnete nicht damit, es auf Dauer vermeiden zu können, ein Straßenschild oder etwa den Namen eines Kinos oder eines bekannten Lokals wahrzunehmen. Vielleicht hatte sie auch Pech, und sie landete genau in einem Ortsteil, in dem sich einer ihrer Jäger auskannte. Aber das war die einzige Methode, die ihr einfiel, um ihre Verfolger abzuschütteln. Den Spielregeln zufolge hatte auch jeder Jäger, der ihr auf fünfzig Meter nahegekommen war, sie zunächst durch einen Zuruf auf sich aufmerksam machen. Im Zweifelsfall musste sie dann eben rennen.

GRAUSAMES SPIEL MIT EXHIBITIONISTISCHER STUDENTENSCHLAMPE!

»Und? Klappt so weit alles?« Herbert, der bärtige Techniker, beugte sich über Hiobs Schulter und spähte ebenfalls auf den Monitor, der auf dessen Schreibtisch stand.

»Wunderbar«, erwiderte der. »Gerade hat sie versucht, uns auszutricksen. Gar nicht so dumm, die Kleine.«

»Was hat sie gemacht?«

»Sie ist mit fast geschlossenen Augen in einen Bus gestiegen, hat sich blind irgendwo hinfahren lassen und ist dann dort ausgestiegen. Jetzt ist sie in einem ganz anderen Stadtviertel, frag mich nicht, wo.«

»Du weißt es wirklich nicht?« wollte Herbert wissen.

»Keine Ahnung. Irgend so eine Gegend zwischen City und Vorstadt, wo ich noch nie war. Ist mir, ehrlich gesagt, auch ziemlich egal. Die soll ruhig versuchen, ihre Trümpfe auszureizen. Da sie nicht die geringste Ahnung hat, welches Spiel hier tatsächlich abgeht, ist sie früher oder später sowieso am Arsch. Überwachung for Entertainment ist eine ziemlich geile Sache. Sie hat nicht die geringste Chance, aber das weiß sie natürlich noch nicht. Vermutlich wird ihr das allerdings ziemlich bald klar werden.«

Überwachung for Entertainment

Mit dem Slogan »Perfekte Überwachung – absolute Sicherheit« gelang es den konservativen Parteien und der SPD im Rahmen eines Anti-Kriminalitätswahlkampfes im Jahre 2006, die Zahl der Überwachungskameras an öffentlichen Plätzen von knapp 400.000 auf das Hundertfache zu erhöhen. Aus Gründen des allgemeinen Sparzwanges waren jedoch die dafür notwendigen immensen Investitionen nur zu leisten, indem man die notwendigen Installationen einem privaten Service übergab und ihm gestattete, die erstellten Aufzeichnungen nicht nur an die staatlichen Exekutiv- und Judikativorgane, sondern auch an private Medien weiterzugeben. Gedacht war dabei ursprünglich an eine Verwendung des Filmmaterials für Nachrichtensendungen. Daneben wurde es allerdings, beginnend mit der

Klamauk-Serie »Die witzigsten Überwachungsvideos« zunehmend für Reality- und Obscenity-Shows verwendet. Nachdem CDU wie SPD wegen einer »alarmierenden Rate von Domestic Violence, Vergewaltigung in der Ehe und sexuellem Missbrauch« auch das private Heim als Bruststätte des Verbrechens identifiziert haben, ist momentan eine Kamerapflicht auch für die eigenen vier Wände Teil der politischen Debatte. Deren Gegner sehen mal wieder den Überwachungsstaat drohen, aber die Befürworter weisen mit Nachdruck darauf hin, dass Frauen und Kinder ein Recht auf den Schutz des Gesetzgebers haben. Wer nicht selber zu den Schlägern und Vergewaltigern gehöre, habe auch nichts zu befürchten.

Es klopfte. Hiob sah auf. »Ja bitte?«

Die Tür zu seinem Büro öffnete sich, und Veronica trat ein. »Hallo«, sagte sie mit einer kaum merklichen Spur von Schüchternheit in der Stimme.

Hiob erhob sich. Von einer Sekunde zur anderen strahlte er sie an, als ob er hinter seinem Gesicht eine Glühbirne eingeschaltet hätte. »Frau Schäkel!« rief er aus. »Schön, dass Sie kommen konnten. Lassen Sie uns zu unserem Erfolg die Hände schütteln!«

Herbert zeigte mit einer Kopfbewegung in ihre Richtung. »Ist das…?«

»Unser neuer Stringer, genau.« Hiob lachte. »Die beste Freundin von unserem kleinen Rotfüchschen. Ihr haben wir es zu verdanken, dass wir sie überhaupt als Kandidatin gewinnen konnten, denn sie hat sich stellvertretend für Foxie als Kandidatin beworben.«

»Aha«, sagte Herbert und machte keinen Hehl daraus, dass er den tieferen Sinn dieser Aktion nicht wirklich verstand.

Hiob streckte seine Hand über seinen Schreibtisch aus. Veronica drückte sie. »Dann läuft alles glatt?«

»Wunderbar! Sie war mit allem von Anfang bis Ende einverstanden. **Ich habe den Eindruck, wir hätten ihr auch zur Auflage machen können, auf dem Marktplatz jeden Mittag dreimal nackt ein Rad zu schlagen.«**

Veronicas Lächeln wurde breiter. »Ich wusste ja zuerst auch nicht, ob sie sich wirklich darauf einlassen würde, als ich die Bewerbung für sie eingereicht habe. Aber erstens war sie schon immer ziemlich medien- und kamerageil. Möglicherweise hat sie sich das Ganze vorgestellt wie Foto-Shootings für den Playboy: Sie zeigt ein bisschen was von ihrem gutgebauten Körper, kassiert dafür viel Kohle und wird dabei vielleicht sogar als Star entdeckt.«

Hiob gluckste.

»Außerdem«, fuhr Veronica fort, »braucht sie offenbar wirklich dringend ganz schön viel Kohle. Sie musste in den letzten Jahren geradezu eine perverse Strähne von unglückseligen Vorfällen überstehen, die sie finanziell wohl einiges gekostet haben.«

»Mhm.« Hiob nickte bestätigend, als sei er darüber vollständig informiert. »Insofern war es wohl kein Wunder, dass sie sich zu dieser Sache bereiterklärt hat. Wenn sie nicht eingewilligt hätte, dann hätten wir uns eben irgendwas anderes einfallen lassen. Irgendeine andere Show, von der sie sich auch ganz viel Kohle und ganz viel Ruhm versprochen hätte…«

»Das wäre dann ja wohl nicht mehr mein Problem gewesen. Ich habe meinen Part geleistet und die Verbindung hergestellt.«

»Das haben Sie in der Tat. Und dafür sollen Sie auch angemessen entlohnt werden.« Er zog eine Schublade seines Schreibtisches auf und zog einen Scheck heraus, den er ihr überreichte. »Sind Sie damit zufrieden?«

Jetzt trat das Strahlen auch in Veronicas Augen. »Wow, das ist ja noch mehr, als Sie mir in Aussicht gestellt hatten.«

»Es lief ja auch alles außerordentlich glatt.« Hiob ließ die Schublade wieder zugleiten.

»Ich verstehe allerdings immer noch nicht, was genau jetzt eigentlich hinter all dem steckt.« Veronica ließ die Hand mit dem Scheck sinken und sah den Redakteur fragend an. »Warum genau war es Ihnen so wichtig, gerade Francine zu erwischen?«

Hiob lächelte sanft. »Nun, *alles* brauchen Sie auch nicht zu wissen. Vielleicht genügt es, wenn ich sage, dass ich Ihrer Freundin bei einer anderen Gelegenheit begegnet bin und sie von ihrem Aussehen und ihrem Wesen geradezu für perfekt geeignet halte, sie in unserem Sender zur Schau zu stellen. Und da sie dabei so bereitwillig mitspielt, gibt es ja auch keine weiteren Probleme, und alle sind glücklich und zufrieden, nicht wahr?«

Veronica lachte und hielt den Scheck in die Höhe. »Na, ich bin es auf jeden Fall. Wirklich ein sehr großzügiges Vermittlungshonorar. Vielleicht sollte ich Agentin werden?«

»Vielleicht«, sagte Hiob und trat hinter seinem Schreibtisch hervor, um sie nach draußen zu geleiten.

Er wartete, bis sich die Tür hinter ihr geschlossen hatte, dann wandte er sich mit hochgezogenen Brauen zu Herbert um. »Junge, Junge«, brummelte er. »Die glaubt aber auch alles.«

Unversehens richteten sich Fox Augen auf das wuchtige Gebäude der Kitty-Genovese-Stiftung. Sie unterdrückte einen Fluch. Diese Einrichtung war allgemein bekannt, und Fox wusste von einem Moment zum anderen sehr genau, wo sie sich gerade aufhielt. Offenbar war sie unversehens an den Randbereich der City zurückgekehrt, und bis zur Fußgängerzone waren es nur noch wenige hundert Meter. Gleich um die Ecke befand sich der berühmt-berüchtigte McBop dieser Stadt. Das bedeutete aber unweigerlich auch, dass ihre Häscher, die hier irgendwo umherstreifen mussten, jetzt ebenfalls genau über ihren Standort Bescheid wussten. Ihr Herz begann wieder schneller zu schlagen.

McBop

Von dem Jungunternehmer Christoph Zierbel aus der Taufe gehobenes Franchise-Unternehmen, das auf schnelle, preisgünstige und unkomplizierte Befriedigung erotischer Bedürfnisse ausgerichtet ist. Zierbel entwickelte diese Geschäftsidee, als er an einem heißen Sommertag in der Fußgängerzone unterwegs war und sowohl die hohen Temperaturen als auch die überall präsente nackte Haut junger Frauen sein Begehren immer weiter steigerten, ohne dass er eine Möglichkeit besaß, sich zeitnah Abhilfe zu verschaffen. Daraufhin entwickelte er eine Einrichtung, die aus mehreren sogenannten »Masturbationskabinen« bestand. Diese Kabinen waren vom Prinzip her nicht unähnlich den Kabinen bestimmter Erotik-Video-Shops, allerdings gemütlicher und ohne die Möglichkeit für den Kunden, sich einen erotischen Film anzusehen. Zierbel spekulierte darauf, dass notgeile Männer wie Frauen schon genug an kurz zuvor angesammelten inneren Bildern in dieses Etablissement mitnahmen, die sie nur noch abzurufen brauchten, während sie Hand an sich legten. Der Erfolg gab ihm recht. Schon sein bundesweit erster McBop in München verzeichnete sehr bald überraschend hohe Besucherzahlen, insbesondere nachdem er zu einem SPIEGEL-Titel (»Die onanierende Gesellschaft«) Anlass gab. Im Januar 2012 eröffnete der hundertste McBop Deutschlands in Gütersloh. Zierbel arbeitet bereits an einem neuen Konzept, dem zufolge junge SexarbeiterInnen ihre Hände oder Füße durch bestimmte in die Wände eingelassenen, mit Tüchern bedeckten Aussparungen stecken können und gegen einen entsprechenden Aufpreis die sexuelle Stimulation übernehmen.

Und dann hörte Fox die Glocken von der Marktkirche läuten. *bonggg! bonggg! bonggg!* Acht Mal. Zwanzig Uhr. Den Spielregeln zufolge bedeutete das den Einbruch der Nacht und damit eine Auszeit für die Jagd. Sie konnte wieder durchatmen. Innerlich dankte sie Hiob, dass er die Regeln so gestaltet hatte, dass ihr genügend Zeit blieb, um wieder zu neuen Kräften zu gelangen. Nun, andernfalls wäre die Jagd wohl auch allzu schnell vorüber gewesen.

Das nächste Geräusch, das Fox' Aufmerksamkeit für sich gewann, war das nicht länger zu überhörende Knurren ihres Magens *grrrumbll*.

Sie stand jetzt vor der Situation, ohne einen einzigen Cent in der Tasche etwas zum Essen auftreiben zu müssen.

Das Erstbeste, was ihr dazu einfiel, war, tatsächlich in die Fußgängerzone zurückzukehren. Ein Nachtlager würde sie ebenfalls brauchen. Einige Minuten lang bummelte sie eher ziellos durch die Straßen.

Mit dem hereinbrechenden Abend begann es auch zunehmend frisch zu werden, und unter den Leuten, die jetzt noch in der Fußgängerzone unterwegs waren, fiel Fox barfuß und nur mit einem kurzen Shirt erst recht ins Auge. Sie biss die Zähne zusammen, blickte starr geradeaus und versuchte, ihre Scham nicht für jeden erkennbar werden zu lassen.

Ihr war klar, dass die Tatsache, dass sie zumindest nicht ständig und allzu offen begafft oder angegraben wurde, lediglich damit zu tun hatte, dass die sexuelle Reizüberflutung von seiten der Medien mit jedem der letzten Jahre stärker und stärker geworden war. Daran fühlte sie sich wieder erinnert, als sie mehr oder weniger aufs Geradewohl die City-Mall betrat. Vor den Rolltreppen hatten ein paar Kiddos die Sweat-Shirt-Ärmel hochgekrempelt und prahlten voreinander mit ihren 3-D-Tattoos. An einer marmorgekachelten Wand dahinter war in etwa zwanzig Meter Höhe über einem künstlichen Wasserfall ein riesiger Fernsehmonitor eingelassen. Fox legte den Kopf in den Nacken und sah hinauf. **Ein barbusiges Model las gerade die Tagesnachrichten vor.**

»Es gibt immer neue Gerüchte über Gaskammer-KZs in Pakistan«, berichtete es im Augenblick. »Verteidigungsministerin Beer meint, auf einen groben Klotz gehört ein grober Keil. Unsere tapferen Soldaten und Soldatinnen gehen mit ihrem Bombardement Islamabads jetzt in die fünfte Woche.« Jemand streifte sehr dicht an Fox vorüber, rempelte sie fast an. Eine Sekunde lang war sie irritiert. So voll war es hier nicht. Hatte er lediglich keine Augen im Kopf, oder war das eine Taktik, um ihren Körper, den sie so zur Schau stellen musste, auch spüren zu können? »In der Show ›Himmel und Hölle‹ orderten die Bewohnerinnen gestern einen anderen Mann. Neu im Spiel ist der arbeitslose Autoschlosser Axel Wegner, der seinen Superbody wirklich herzeigen kann. Leicht psychisch angeschlagen, aber mit einem stolzen Preisgeld von vierhunderttausend Euro ausgestattet, verlässt Udo ›Hengst‹ Kiesling die WG.« Fox sah ein, dass ihr nichts anderes übrig blieb, als diesen Körperkontakt einfach auf sich beruhen zu lassen.

»Wie die Bank gestern sagte, haben wir kein Geld. Wir müssen sparen. Es gibt weniger Lohn.« Fox sah sich nach einem Stand um, an dem sie etwas zu essen ergattern konnte, vielleicht weil dessen Betreiber gerade im Begriff war, ihn zu schließen. »In der Nordstadt steht ein Arbeitsloser vor Gericht. Er hat seine Tochter ge*****, der Arsch. Hier ein Foto seiner attraktiven Anwältin.« Im Erdgeschoss der Mall war kein entsprechendes Geschäft zu finden. Fox glaubte sich an eine kleine Bäckerbude im ersten Stock zu erinnern. Aber dazu würde sie mit der Rolltreppe nach oben fahren müssen. **Und die Gefahr, dass ihr dabei jemand von schräg unten unter ihr Shirt linsen konnte, war nicht gerade gering.**

»Der Hesse Thomas Krüger liegt im Rennen um den Medizinnobelpreis weit vorne. Irgendwas mit Aids. Krüger steht kurz vor seiner Scheidung und hat Gerüchten zufolge eine Affäre mit einer acht Jahre jüngeren Visagistin angefangen.« Innerlich aufseufzend sah Fox ein, dass ihr nichts anderes übrig blieb. Sie betrat die Rolltreppe. Am liebsten hätte sie sich gezwungen, ihr Shirt mit beiden Händen nach unten zu zerren, aber ihr war klar, dass eine möglichst natürliche Körperhaltung am ehesten dazu geeignet war, Aufmerksamkeit von sich abzuwenden. **Bei jedem Meter, den sie nach oben transportiert wurde, rechnete sie allerdings mit einem Pfiff oder mit einem Zuruf, der sie vor allen Menschen bloßstellen würde.**

»Der Innenminister meint, Dealer sind böse. Man soll sie wegsperren oder abschieben. Ins Ausland. Oder die Todesstrafe. 96% der Bevölkerung sind laut unserer Umfrage dafür. Wenn Sie auch dafür sind, rufen Sie uns an.« Fox hatte recht, die Bäckerbude befand sich noch genau dort, wo sie sie in Erinnerung hatte. Die Auslagen waren allerdings schon ziemlich abgegrast. Nur ein paar trockene Brezel und Laugenbrötchen fand sie noch vor. Hinter der Auslage stand ein bebrillter, etwas blasser junger Mann.

Fox fasste sich ein Herz, schritt auf ihn zu und lächelte ihn schüchtern an. »Entschuldigung, könnte ich wohl bitte eine dieser Brezeln haben?«

Der Junge starrte sie einige peinigende Sekunden lang wortlos an, dann rang er sich ein mindestens ebenso schüchternes Lächeln ab. **»Womit willst du die denn bezahlen?«** fragte er unbedarft. Fox konnte sehen, wie seine Brillengläser beschlugen.

Wiedereinführung der Todesstrafe

Die Wiedereinführung der Todesstrafe (auch für Sexualverbrecher) konnte der hessische Ministerpräsident und spätere Kanzlerkandidat im Jahr 2010 durch Unterschriftenaktionen herbeiführen, da er dies als Teil eines »brutalstmöglichen Kampfes gegen die steigende Gewaltkriminalität« als einzige Chance für seine Partei sah, aus einer langanhaltenden Misere wieder herauszukommen. Er hatte bei der Durchsetzung seiner Forderung keinen großen Widerstand zu verzeichnen, da FDP und SPD keinen Weg fanden, das Thema Todesstrafe auf witzige Weise bei Wetten-dass-Auftritten zu behandeln, und die Grünen mit dem Thema »Frauenquote im Öffentlichen Personen-Nahverkehr« bereits alle Hände voll zu tun hatten.

Sabrina Laurences Schritte hallten durch die düstere, um diese Uhrzeit fast leere Tiefgarage. *tack! tack! tack!* Bei jedem Schritt knallten die Absätze ihrer Stöckelschuhe auf den schmutzigen Boden. Sabrina hatte einige Zeit gebraucht, bis sie sich an diese **hohen Absätze** gewöhnt hatte. Aber Tatsache war, je höher die Absätze, desto länger wirkten ihre **schlanken, strumpflosen Beine**, die aus einem kurzen, aber höchst eleganten **Minirock** herausragten, und desto mehr wurde auch ihr **knackiger Po** nach hinten und ihre **volle, birnenförmige Brust** nach vorne gedrückt. Sabrina wusste, dass sie seit ihrem phänomenalen Auftritt bei »Queen for a day« jederzeit mit unangekündigt auftauchenden Paparazzi rechnen musste, und so war es wichtig, dass sie bei jedem öffentlichen Auftreten eine gute Figur abgab. Noch war sie überaus optimistisch, dass ihre erste Filmrolle nur eine Frage der Zeit sein würde. Schließlich hatte sie es allein mit ihrer **jugendlich-dominanten Ausstrahlung** geschafft, von einer x-beliebigen Kandidatin in einer Internet-TV-Show zu einem bundesweit bekannten Erotik-Star zu werden. Das sollte nicht dadurch ruiniert werden, dass plötzlich Fotos von ihr in Turnschuhen, »Fuck-me-I'm-famous!«-Sweatshirt und Jogginghose in Umlauf gebracht wurden. All the world was a stage.

Sabrina hatte ihren Wagen fast erreicht, als sie aus dem Augenwinkel heraus eine schnelle Bewegung wahrnahm. Sie kreiselte herum – das heißt, sie versuchte, auf ihren Stöckelschuhen das zu tun, was einem Herumkreiseln am nächsten kam – aber offensichtlich war sie zu langsam, denn schon wurde sie von einer **kräftigen Männerhand** gepackt und zurückgestoßen.

Sabrina kam ins Schwanken, wäre beinahe umgeknickt und konnte sich schließlich nur noch halbwegs auf den Beinen halten, indem sie sich auf der Kühlerhaube eines Wagens abstützte. Eine Haarsträhne war ihr über das schmale Gesicht mit den hohen Wangenknochen gefallen, aber trotzdem erkannte sie **mit schreckgeweiteten Augen,** wer sie da gestoßen hatte.

Es war **ein muskulöser Mann** Anfang dreißig. Er trug ein fleckiges Army-T-Shirt, eine verblichene alte Jeans und billig aussehende alte Stiefel. In seiner rechten Hand schwang er ein vielleicht ellenlanges, spitzes und sicherlich auch **sehr scharfes Messer,** das im kalten Licht der Neonlampen unheilverkündend aufblitzte. Der Angreifer zog eine Grimasse, die zwischen Grinsen und **Zähnefletschen** lag.

Sabrina übergab sich fast vor Schreck. Von einer Sekunde zur anderen raste ihr alles durch den Kopf, was sie in diversen Boulevard-Magazinen über solche Verbrecher gehört hatte, vom Fall Nicoletta Berndt bis zu geisteskranken Triebtätern und Vergewaltigern.

Auf zitternden Beinen schob sie sich über die Kühlerhaube weg von dem Kerl. Er machte einen Schritt auf sie zu und hieb mit dem Messer nach ihr. Sabrina schrie auf, warf sich zur Seite, wollte losrennen. Auf ihren Pfennigabsätzen kam sie kaum zwei Schritt weit, dann strauchelte sie und stürzte zu Boden.

Fall Nicoletta Berndt

Dieses umstrittene Vorkommnis der neueren Mediengeschichte führte ein Jahr lang in der deutschen Presselandschaft zu hitzigen Leitartikeln mit der zentralen Frage »Was darf Fernsehen?«. Terroristen hatten die Tochter eines rot-grünen Ministers entführt und Videos, auf denen an ihr begangene Folterungen zu sehen waren, an sämtliche privaten und öffentlich-rechtlichen Sender verschickt. Nackt, zitternd und auf allen Vieren hatte Nicoletta die Forderungen und ideologischen Positionen der Terroristen vor der Kamera zu verlesen. Aufgrund ihres Programmauftrages der umfassenden Berichterstattung und vor allem in der Annahme, dass die Konkurrenz dies ohnehin tun würde, strahlte auch jeder dieser Sender die betreffenden Videos aus. Nachdem die Ratings der Sendungen, in denen dies geschah, daraufhin abrupt in die Höhe schnellten, kam es zu Wiederholungen und Best-of-Zusammenschnitten im Nacht- und später auch im Vormittagsprogramm. Wie von den Terroristen geplant, begann ganz Deutschland nicht nur über diese fragwürdige Aktion, sondern auch über den Inhalt ihrer Pamphlete zu diskutieren. Eine bekannte Hamburger-Kette gab ein Nicoletta-Berndt-Menü heraus. Die Opposition bezeichnete das Geschehen allerdings als »ebenso hochgespielten wie durchsichtigen Wahlkampfgag von Rot-Grün«. Die politischen Hintergründe der Entführung konnten nie vollständig geklärt werden.

Dirk Bankert setzte ihr nach und stand im nächsten Moment bereits über ihr. Sabrina versuchte, sich auf alle Viere hochzuschaffen und davonzukrabbeln, aber er stürzte sich auf sie, packte sie an der Schulter und schleuderte sie herum. Direkt über sich sah sie **seine mordlüsternen Augen,** den geöffneten Mund, als ob er in der nächsten Sekunde zubeißen wollte, das glitzernde Messer.

Sabrina begann, um Hilfe zu schreien.

»Noch einen Ton, und ich schneide dir deine hübsche Gurgel durch.«

Sie verstummte. Das Grinsen des Kerls wurde breiter. Ihr Atem flog.

»Was willst du von mir«, presste sie keuchend hervor.

Er strahlte sie an. »Du bist doch Sabrina Laurence, richtig? **Die TV-Fotze der Nation!** Die **Ober-Sadistin** in dieser einen Show, die sich von den anderen von hinten bis vorne bedienen ließ?«

Verzweifelt versuchte Sabrina zu protestieren. »Das war das Konzept dieser Show!« stieß sie hervor. »Da kann ich doch nix für! Das war nicht wirklich ich!«

Dirk schüttelte bedauernd den Kopf, dann legte er ihr seinen Finger auf die Lippen. »Die Show ist zu Ende, meine Süße!« sagte er leise. »Keine Kameras, keine Schminke, kein Drehbuch, kein Publikum. Du bist ganz allein. Und **splitterfasernackt.**«

Mit diesen **Worten griff er nach ihrer Bluse und riss sie in einer einzigen schnellen Handbewegung auf.** Knöpfe sprangen in alle Richtungen davon, **Sabrinas Brüste schnellten ins Freie.**

»Kein BH«, stellte Dirk nüchtern fest. »Warum überrascht mich das nicht?«

Sabrina lag stockstarr unter ihm, rührte kaum einen Muskel. Nur ihre Brust hob und senkte sich in schnellen Stößen. Jeden Augenblick, beschwor sie innerlich, jeden Augenblick würde jemand vorbeikommen und sie retten. Es war zwar schon sehr spät und so gut wie kein Betrieb hier in der Tiefgarage, aber irgend jemand würde doch wohl noch erscheinen, bevor… irgend jemand…

»Tja«, sagte Dirk Bankert, immer noch mit gespieltem Bedauern in der Stimme, »sieht so aus, als wäre ich der letzte Kerl, in dessen Richtung du deine **Möpse** schwingen wirst. Dein letzter Auftritt, Süße. Es tut mir wirklich leid, dass ich dir das antun muss. Aber einer muss endlich mal etwas unternehmen, das siehst du doch ein, oder?«

Sabrina versuchte etwas zu sagen, aber die Laute, die sie hervorstammelte, erinnerten nur noch entfernt an menschliche Worte.

»Alles, was ich dir noch geben kann«, faselte Dirk weiter, als ob er halb in Trance wäre, »ist ein Abgang, wie du ihn verdienst. Du wirst mit deinem **nackten Körper** noch einmal auf die Titelseiten sämtlicher Zeitungen gelangen. Das garantiere ich dir. Das ist doch das, was sie wollen: nacktes Fleisch, am besten weiblich, am besten verstümmelt, am besten aufgeschlitzt, von unten nach oben. **Einen guten Ansatz findet man immer. Nicht wahr, mein Fötzchen?«**

Und dann begann Sabrina Laurence doch noch zu schreien.

Aber nicht lange.

PERVERSER SCHLITZER SCHLACHTET ENDGEILE TOPMODELS!

Eigentlich wollte Fox am folgenden Morgen überhaupt nicht aufwachen. Das Kissen war so weich und die Decke so warm... aber ihr Bewusstsein war bösartig und erkämpfte sich seinen Weg zurück ans Tageslicht. Fox öffnete stöhnend die Augen.

Sie stöhnte ein weiteres Mal, als ihr vollständig in den Kopf zurückschoss, was sie am vorigen Tag hatte über sich ergehen lassen.

»Mein Gott!« murmelte sie. Der bebrillte Backwarenverkäufer hatte ihr angeboten, sie mit zu sich nach Hause zu nehmen und ihr dort etwas Anständiges zu essen zu geben. Fox war mitgegangen. Natürlich war ihr klar gewesen, dass der junge Mann nicht vorhatte, sie ohne Gegenleistung zu verköstigen. Dass sie ihm dennoch folgte, war fast einem gewohnheitsmäßigen Reflex zu verdanken gewesen: Nicht zum ersten Mal hatten ihr irgendwelche Kerle einen Drink spendiert oder sie zum Essen ausgeführt, weil sie hofften, ihr **als Gegenleistung an die Wäsche gehen** zu können. Sie hatten sich noch jedes Mal geschnitten: Sobald Fox hatte, was sie wollte, fühlte sie sich zu keinerlei körperlichen Dankesbekundungen mehr verpflichtet. Jetzt hatte sie vorgehabt, dieselbe Nummer abzuziehen, naiv und unerfahren genug wirkte das Bürschchen ja, das sie in seine Bude begleitete. Nicht nur dem Essen, das er für sie zubereitete, sprach sie indes zu, sondern auch dem Wein, den er ihr ins Glas goss. Geradezu gierig schüttete sie ihn in sich hinein, so als hoffte sie, dadurch ihre Nerven zu beruhigen und ihre Situation weniger hässlich wahrzunehmen.

Dann begannen sie, ein wenig zu plaudern. Fox berichtete über das Dilemma, in dem sie steckte. Ihr Gastgeber, der sich inzwischen als Julius vorgestellt hatte, hörte interessiert zu. Schließlich fragte er sie direkt, ob sie denn mit ihm in die Kiste steigen wollte. Sie fühlte sich überrumpelt, und ihr Widerstand schmolz dahin. Zum einen, weil die Spielregeln von ihr verlangten, jedem sexuelle Gefälligkeiten zu gewähren, der danach fragte. Zum anderen, weil ein Nein bedeutet hätte, dass sie aus der warmen Wohnung wieder hinaus in die kalte Stadt gejagt worden wäre und die Nacht im Gras des Parks hätte verbringen müssen. Und zum dritten blieb auch der

Wein nicht ohne Wirkung. Vielleicht hatte ihr Gastgeber auch irgend etwas hineingemischt, fiel ihr jetzt ein, Aponat X oder ein vergleichbares Präparat. **Auf jeden Fall hatte sie sich damit einverstanden erklärt, Julius' braves, gefügiges Sexkätzchen zu spielen.**

Berauscht, wie sie war, dachte sie gar nicht mehr daran, dass alles, was sie tat, alles, was sie wahrnahm, live ins Web übertragen wurde. Wenn Julius es im Kopf behalten hatte, schien es ihm egal zu sein. **Womöglich fand er es gerade geil, dass die verschiedensten Leute dabei zusehen konnten, wie er mit einer scharfen Braut, die er gerade erst kennengelernt hatte, eine heiße Nummer schob.** So wurde in seinen Augen vielleicht aus dem unerfahrenen Jüngling ein Sexstar – einfach nur deshalb, weil er im Fernsehen gekommen war.

Aponat X

Ein Präparat auf chemisch-hormoneller Basis, das die Lustzentren im Gehirn stimuliert und das damit das erste Aphrodisiakum darstellt, bei dem eine deutliche Verstärkung des sexuellen Appetits unzweifelhaft und direkt spürbar ist. Im Augenblick arbeitet die Herstellerfirma dieses pharmazeutischen Produkts an einer Kapsel, mit deren Hilfe sich der menschliche Orgasmus auf mehrere Minuten strecken lassen soll.

Soweit reichte die Erinnerung der letzten Nacht, dann riss sie ab. Auch jetzt, als Fox ihren klaren Kopf endgültig zurückgewonnen hatte, konnte sie sich an den eigentlichen Verkehr nur in wenigen verschwommenen Fragmenten erinnern. »Na super!« sagte sie zu sich selbst. Der Augenblick, wo sie mit einem anderen Menschen intim gewesen war, war ihr selbst nicht mehr präsent, stand aber für jeden anderen abrufbereit im Netz.

Durch die halboffene Tür hörte sie Schritte. Julius lugte hinein. Offenbar hatte er mitbekommen, dass sie inzwischen wach war. »Guten Morgen, Prinzessin«, flüsterte er. »Gut geschlafen?«

Sie murmelte etwas in sich hinein. »Ging so.«

»Ich fand es WUNderbar!« schwärmte er. »Das war eine ganz tolle Nacht für mich. Zugegeben, schon als ich dich zum ersten Mal gesehen hatte, dachte ich mir, das wird bestimmt...«

Fox hob abwehrend die Hand. »Um Gottes Willen keine Einzelheiten. Bitte! Sag mir lieber, wie spät es ist.«

Er wirkte ein wenig gekränkt, ging aber darüber hinweg. »Viertel vor sieben«, sagte er.

»Gut.« Sie überlegte und brabbelte dabei weiter vor sich hin. »Bis um acht hab ich Ruhe, dann geht die Jagd weiter. Ich sollte kurz vorher hier raus; die wissen bestimmt, wo ich bin. Ich hab das Haus hier schließlich von außen gesehen. Die müssten mich ohne große Probleme orten können.«

»Na, dann hast du ja noch eine gute Stunde. Ich habe schon Brötchen geholt und Frühstück gemacht. Kannst dich aber vorher gerne waschen und anziehen. Letzteres dürfte ja nicht sehr lange dauern.« Er grinste, Fox schnitt eine Grimasse. Während er sich in die Küche zurückzog, suchte sie nach ihrem Shirt und fand es nicht gleich. »Weißt du, wo mein Top ist?«

»Hier draußen.«

Hatte er es ihr in seiner Wohnküche schon ausgezogen? Offensichtlich. Also quälte sie sich aus dem Bett und **tappte nackt durch den Flur**. Sie stieß die Tür zur Küche auf. An dem gedeckten Tisch hockten neben Julius ein hagerer Mittzwanziger mit Bürstenhaarschnitt und eine dunkelgelockte junge Frau. Der Hagere hielt ihr Shirt in der Hand.

»Darf ich euch miteinander bekanntmachen?« fragte Julius, während er aus einer kleinen roten Kanne Tee in die Tassen goss. »Die beiden sind Martin und Ursula, meine Mitbewohner. Sie waren über Nacht weg. Und das hier ist… äh… «

»Du brauchst gar nicht viel zu erklären«, schmunzelte Martin und wies auf eine aktuelle Zeitung, die auf dem Tisch lag. »Da wird ja haarklein über diese geile Fuchsjagd berichtet.«

Fox hatte die Hände vor ihren Körper geschlagen. Das war jetzt doch alles ein bisschen zu viel auf einmal für sie. **Sie stand splitterfasernackt in einer fremden Küche. Vor ihr lungerten drei junge Leute herum, von denen sie einen nur flüchtig und die anderen beiden überhaupt nicht kannte, und zwischen ihnen lag ein Boulevardblatt, auf dessen Titelseite neben einer Schlagzeile über einen brutalen Lustmord in einer Tiefgarage ihr Oberkörper samt Kopf abgebildet war – für jeden deutlich zu erkennen.** Darunter stand mit weißen Lettern auf rotem Untergrund offenbar alles über »*FOX* – ICH FICK DICH: Die Fuchsjagd von ITV 4« zu lesen.

»Ach du Scheiße!« entfuhr es ihr. Wenn sie derart prominent in diesem Blatt präsentiert wurde – »dann weiß es ja die ganze Stadt!«

»Die weiß es sowieso«, erwiderte der Bürstenkopf grinsend. »Mann, es war wirklich unmöglich, diesem Werbebombardement zu entgehen. Fernsehen, Radio, überall hängen Plakate – da muss jemand eine Mörderkohle reingesteckt haben, um für diese Sendung Reklame zu machen. Du hast gerade viel mehr als nur 15 Sekunden Berühmtheit, Mädchen!«

Fox' Kehle war wie zugeschnürt.

»Darin steht auch«, sagte die Dunkelhaarige mit einer ziemlich verrauchten Stimme, **»dass du jedem für sexuelle Gefälligkeiten bereitstehen musst, der dich deswegen anquatscht.** Ist das richtig?«

Julius stellte die Kanne auf den Herd, bevor er sich ihr wieder zuwandte. **»Ich verspreche dir auch, dass wir bis um acht locker mit dir durch sein werden.«**

Jürgen Hiob fühlte sich an diesem Morgen wieder einmal pudelwohl.

Nicht nur, dass er sehr gut geschlafen hatte und die rotgoldenen Strahlen der Morgensonne, die in sein Büro fielen, ihn eine heitere, aufgekratzte Stimmung versetzten. Er hatte sich auch die Aufzeichnungen der letzten Nacht mitsamt den damit verbundenen Ratings ansehen können. Und tatsächlich sah es so aus, als wäre diese kleine Fuchsjagd genau *die* Idee gewesen, die es gebraucht hatte, seinen kleinen Sender weit und breit bekannt zu machen.

In seiner guten Laune hatte er eine Musik-CD aufgelegt und begleitete aus voller Kehle den Refrain eines Popsongs. **»The number one I hope to reap depends upon the tears you weep, so cry lovey cry…«** So hörte er das Klopfen an der Tür zuerst, als es ein regelrechtes Hämmern geworden war. *tocktocktocktock*

»Leiser!« rief er, und der CD-Player fuhr die Lautstärke zurück. Dann: »Herein!«

Die Tür öffnete sich. Ein sehr hochgewachsener, breitschultriger Mann betrat das Büro. Er hatte schlohweißes Haar, war in einen sehr edlen, dunklen Anzug aus Spiegelfasern gekleidet und mochte Ende Fünfzig sein. »Na, Ihnen scheint's ja sehr gut zu gehen«, sagte er anstelle einer Begrüßung.

»Monsieur D'Alembert!« rief Hiob aus, eilte ihm strahlend entgegen und drückte seinem Besucher die Hand. »Freut mich sehr, dass Sie sich noch einmal die Zeit genommen haben!«

D'Alembert ließ ein Lächeln erahnen. »Sie wissen, dass dieses Projekt für mich sehr wichtig ist.«

»Selbstverständlich.« Hiob wies einladend auf einen der ergodynamisch geformten Ledersessel. »Darf ich Ihnen etwas anbieten?«

»Ein Wasser wäre sehr nett.«

Hiob trat zu einem Kühlfach hinüber. Während er dort eine Flasche herausholte, wies er mit dem Kopf auf eine Zeitung, die auf seinem Schreibtisch lag. »Großartig, wirklich wahr! Wir sind mit unserer Show überall optimal platziert. Nicht nur da, in sämtlichen Medien. Dafür wollte ich Ihnen noch einmal ganz herzlich danken. Das ist der beste Boost für unsere Ratings, seitdem sie das Lex PorNO erlassen haben!«

Lex PorNO

Von der Presse verwendetes Kurzwort für das auf Ansinnen eines überparteilichen Frauenbündnisses zustande gekommene Verbot des Besitzes pornographischer Schriften jeder Art. Die Initiatorinnen sprachen hier von einem entscheidenden Schritt gegen die kulturelle Ausbeutung der Frau und einer Befriedung von Männerseelen. Möglicherweise als unerwünschter Nebeneffekt dieses Verbotes ging zeitgleich mit seinem Inkrafttreten die Zahl der Obscenity-Shows auf diversen Internet-Sendern rapide in die Höhe.

D'Alembert nahm das Wasserglas entgegen. »So war das Ganze ja abgesprochen. Was Werbung und so weiter angeht, spiele ich gerne ihren Mäzen. Alles andere ist Ihre Sache. So hatten wir das vereinbart. Schließlich war diese ganze Fuchsjagd ja auch meine Idee gewesen.«

»Und ich war zuerst noch so skeptisch, ich erinnere mich.« Hiob schüttelte lächelnd den Kopf. »Ich hätte es nie gedacht, dass wir sie tatsächlich dazu bekommen, sich auf unser Spiel einzulassen.«

»Es hätte ja auch schiefgehen können.« D'Alembert nahm einen Schluck Wasser. »Ich habe einiges anstellen müssen, um dieses Mädchen in eine finanzielle Bredouille zu lavieren. Und dass wir ihre beste Freundin sozusagen als Stringer gewinnen konnten…«

»Wenn die wüsste!« lachte Hiob. Als er sah, dass sein Gast noch immer mit versteinerter Miene dasaß, wurde er wieder ernst. »Sie müssen sie sehr hassen. Unsere kleine Füchsin meine ich.«

D'Alembert brummte missgelaunt. »Das kleine **Miststück** hat meinen Sohn fertiggemacht und eine erfolgversprechende Karriere ruiniert. Ja, das nehme ich ihr übel. Sehr.«

»Tja, das war schon eine böse Geschichte.«Hiob ließ sich in seinen eigenen Sessel fallen. »Und es hätte noch schlimmer werden können. Gott sei Dank hat man ihn damals nicht verurteilt.«

»Vor Gericht ist das Lügengebäude dieser **kleinen Schlampe** ja auch schnell zusammengebrochen. Eine Schande, dass sie es geschafft hat, sich vor einer Anklage wegen uneidlicher Falschaussage herumzudrücken. Aber die Justiz ist immer nur die eine Seite der Medaille. Der soziale Schaden ist die andere. Und gerade bei einem Vorwurf wie dem der Vergewaltigung ist der so gut wie gar nicht wiedergutzumachen. Das war das gesellschaftliche Aus für meinen Sohn. Ich habe keine Ahnung, wie dieses Flittchen auf den Gedanken kommt, dass ich mir so etwas einfach so bieten lasse.«

»Na ja«, versuchte Hiob wieder einen jovialeren Tonfall einzuschlagen, »jetzt haben wir ja dafür gesorgt, dass sie die Abreibung bekommt, die sie verdient.«

D'Alembert nickte grimmig. »Deshalb bin ich hergekommen. Ich wollte Ihnen gratulieren. Sie haben das soweit alles glänzend über die Bühne gezogen.«

»Vielen Dank. Sie haben ja vermutlich life miterleben können, was letzte Nacht so abging. Da kann man doch nicht meckern.«

»Allerdings. Schade nur, dass dieser Bursche selbst keine Kamera in seiner Bude hatte. Durch diese komischen Sensoren sah man immer nur ihn. ***Sie*** **hätte ich gerne gesehen, ihren Körper und ihr Gesicht, als sie sich ihm hingeben musste.«**

»Ja, das ist noch so ein Problem, zugegeben. Wir kommen aus praktischen Gründen halt nur an die Bilder von ihren eigenen Sensoren und von den öffentlichen Überwachungskameras. Aber ich arbeite schon an diesem Problem. Ich werde ein paar Leute aussenden, die sie aufgabeln sollen und die Webcams in ihrer Wohnung haben.«

Jetzt zeigte sich doch noch ein Lächeln auf D'Alemberts Lippen, wenn es auch ein wenig dem eines Haifisches ähnelte. »**Die Kleine hat wirklich keine Ahnung, was mit ihr gespielt wird, oder?«**

»Die ist völlig naiv. Als ob unsere Jäger länger als eine halbe Stunde brauchen würden, um sie aufzuspüren, solange wir die Bilder aus ihren Sensoren haben. Nein, das läuft alles völlig glatt. Unsere Füchsin flüchtet von einem Ort zum anderen, weil sie glaubt, dass wir ihr dicht auf den Fersen sind. Dabei sind die einzigen meiner Leute, die sie haschen werden, diejenigen, die sie als sexuelles Spielzeug gebrauchen und durch***** werden. Die eigentlichen Jäger haben lediglich einen Ring um unser Sendegebäude gezogen und haben die Aufgabe, sie auf keinen Fall durchzulassen. **Theoretisch könnte sie ewig da draußen unterwegs sein wie ein gehetztes Tier.«**

»Ich brauche Sie aber wohl nicht daran zu erinnern, dass mit dieser Sperre um den Sender alles steht und fällt!« Jetzt war D'Alembert wieder sehr ernst. »Wenn es die Kleine tatsächlich schafft, hierher zu gelangen und die volle Million zu kassieren, stehen wir dumm da. Mein gesamtes Kapital ist für diese schweineteure Werbekampagne draufgegangen. Und Ihr Sender hat, soweit ich weiß, die Kohle auch nicht.«

»Das ist wohl wahr«, räumte Hiob ein. »Zumindest im Augenblick noch nicht. Mal schauen, wie sich die Werbeeinnahmen noch einpendeln werden. Aber machen Sie sich da mal keine Gedanken, unsere Barriere steht. Ich habe sie mehrfach von verschiedenen Statistinnen testen lassen. Meine Männer haben es geschafft, jede einzelne von ihnen rechtzeitig zu entdecken und wieder zurückzutreiben. Es sind alles professionelle Sicherheitsbeamte, und sie wissen, dass ihr nicht ganz schlecht bezahlter Job von ihrer Umsicht abhängt. Außerdem scheint es inzwischen eine persönliche Herausforderung für sie darzustellen.«

»Sehr gut.« D'Alembert legte die Handflächen aufeinander und sammelte sich einen Moment. »Nein, ich kann auch keine Lücke in unserem Plan erkennen. In sechs Tagen ist die große Abschlussveranstaltung für unsere Fuchsjagd. Wenn sie es bis dahin nicht zurück zum Sender schafft, verfällt ihre in all dieser Zeit angesammelte Siegesprämie von einhunderttausend Euro pro Tag. Und genau das wird der Fall sein**. Unser kleines Fötzchen wird sieben Tage lang die Hure der gesamten Stadt gewesen sein** – und zum Abschluss bekommt sie von uns noch eine mittenrein…«

Fox irrte durch die Straßen der Stadt.

Sie kam sich tatsächlich bereits vor wie ein gehetztes Tier. Den ganzen Tag über hatte sie panisch versucht, jeglichen menschlichen Kontakt so weit wie irgend möglich zu meiden. Was in einer Großstadt nicht ganz einfach war. Sie wurde mit der veränderten Situation einfach nicht fertig: Mit einem gigantischen Werbeaufkommen musste es ihr Sender geschafft haben, sämtliche Straßen mit der Nachricht über diese Fuchsjagd widerhallen zu lassen. Es konnte kaum jemanden geben, der nicht bereits davon erfahren hatte. Sie war bekannt wie ein bunter Hund.

Neben der nicht unbeträchtlichen Scham und allem anderen, das mit dieser Kampagne verbunden war, stellte sie ihre neue Lage auch vor ein praktisches Dilemma. Den Spielregeln zufolge hatte sie jedem Passanten sexuellen Zugriff zu gewähren, der sie darauf ansprach**. Es waren also längst nicht mehr die Häscher ihr Hauptproblem, sondern jeder Bürger, der gerade Lust in sich verspürte, ein halbnackt vorbeihuschendes Mädchen sich eben einmal über den Riemen zu ziehen.** Wo sollte sie also hin? In den Seitenstraßen jenseits der City waren weniger Menschen, aber als umso größer betrachtete Fox das Risiko, dass sich einer von ihnen sie einfach schnappte und sein Vergnügen mit ihr hatte. Die Wahrscheinlichkeit, dass sich jemand mitten in der Fußgängerzone ihrer bemächtigen würde, war deutlich geringer. **Aber dafür würde sie dort mit Sicherheit von allen Seiten angegafft werden, weil jeder einzelne Passant wusste, dass sie nichts anderes als ein spärlichst bekleidetes Luder war, das, niedriger gestellt als eine Nutte, jeden über sich steigen lassen musste, der sie dazu aufforderte.**

Sie spielte schon mit dem Gedanken, das Spiel einfach aufzugeben und mit gesenktem Kopf zum Sender zurückzukehren. Das allerdings würde bedeuten, dass sie innerhalb von zwei Tagen ihre letzten Geldreserven verspielt hatte und sie ihre Schulden gar nicht mehr in den Griff bekommen würde. Mit dem Image, das sie inzwischen erhalten hatte, brauchte sie auf die Chance eines neuen Jobs gar nicht erst zu rechnen. Ihr Absturz ins Elend würde ebenso unaufhaltsam sein, wie ihr ein Wiederaufstieg unmöglich sein würde. Das soziale Netz in diesem Land war in den letzten Jahren mehr und mehr in Fetzen gerissen worden. Sie würde zu den Alleruntersten dieser Gesellschaft gehören, und letztlich würde sie sich auf Dauer das Lebensnotwendigste durch nichts anderes sichern können, als ihren Körper über endlose Jahre hinweg zu verkaufen: also genau das, was ihr momentan schon blühte, nur auf unbestimmte Zeit hin und zu deutlich niedrigeren Preisen pro Nummer.

Nicht weit entfernt, erblickte sie einen kleinen Obstladen, der »köstlich-fruchtige Zitro-Snacks« anbot. Sie musste sich zwingen, den Blick von den Auslagen loszureißen. Kein Wunder, sagte sie sich, dass sie keinen klaren Gedanken fassen konnte. Ihr Magenknurren war sicherlich bereits eine Straße weiter zu hören. *grrrrummmmblllllgrollll* Von Stunde zu Stunde war ihr Hunger immer größer geworden und brachte sie inzwischen fast um den Verstand. Aber auch, um etwas zu essen zu erhalten, hätte sie ja menschlichen Kontakt aufnehmen müssen. Sie war noch lange nicht soweit, um in Papierkörben nach Resten von Nahrungsmitteln zu suchen. Aber tief in ihrem Innersten fürchtete sie, dass selbst das nur eine Frage der Zeit sein würde.

»Zitro-Snacks«

Im vorigen Jahrtausend bekannter als »Orangen«.
Reklame muss die Leute da abholen, wo sie stehen.

»Was soll ich nur tun?« murmelte sie vor sich hin. Angestrengt überlegte sie, wie die Stars in ihren Lieblings-Daily-Soaps dieses Problem lösen würden. Die schafften es doch auch immer wieder, sich aus jeglichem Ungemach zu befreien. Normalerweise wenn sie sich in einer Krisensituation befand und nervlich angespannt war, erinnerte sich Fox, half es, wenn sie einen kleinen Stadtbummel unternahm und sich ein paar neue, todschicke Designerklamotten zulegte. So war das zumindest gelaufen, bevor sie im Lauf des letzten Jahres durch all diese Missgeschicke finanziell so arg ins Schleudern geraten war. Und jetzt, in ihrer aktuellen Lage, war es ihr unmöglich, ihr Patentrezept anzuwenden. Stattdessen lief sie ohne einen Cent in der nicht vorhandenen Tasche in einem mit einem Senderlogo bedruckten Shirt herum, das von Tag zu Tag immer schmutziger wurde. **»Perfides Spiel!«** Fox war den Tränen nahe.

Sie huschte hinter einigen Sträuchern einer kleinen parkähnlichen Grünanlage entlang, als sie nicht weit entfernt einen in einen hellgrauen Anzug gekleideten jungen Mann auf einer Bank Platz nehmen sah. Aus einem Aktenkoffer, den er mit sich führte, nahm er etwas heraus, das Fox als ein SubDeck identifizierte: ein tragbares Gerät, das unter anderem einen festplattenlosen NC und die Möglichkeit zum Empfang von Internet-TV miteinander verband und auf keine externe Stromquelle angewiesen war. Der junge Mann drückte einige Tasten, dann wurde der Bildschirm aktiviert, und ein älterer Herr mit Backenbart trug darauf die neusten Börsenkurse vor. Der Mann auf der Parkbank machte sich daran, auf einen Notizblock einige Zahlen hinzuwerfen.

Vorsichtig und so lautlos wie möglich kam Fox näher.

Jetzt zog der junge Mann ein Handy hervor und gab eine Nummer ein. *tiepdieptieptipp* Er wartete einen Augenblick; es schien aber keine Verbindung zustande zu kommen. Seufzend legte er das Gerät neben sich auf die Bank, sah einen Moment nachdenklich in den Himmel, versuchte es ein weiteres Mal und hatte offenbar wieder kein Glück. Er begann ungeduldig mit dem Fuß zu wippen, während seine Hand wieder über die Tastatur des Decks glitt. Der Kanal sprang von den Börsenmeldungen zu einem Werbespot über Necro-Erotica, dann weiter zu einer News-Show.

Necro-Erotica

Im Underground kursierende erotische Filme, in die per Computer längst verstorbene Filmlegenden eingebaut werden. Wenn man diesen Filmen glauben würde, gab es nie eine bessere Domina als Marlene Dietrich und keine bessere Serva als Audrey Hepburn. Die auf diese Weise geschändeten Stars können zwar nicht mehr wegen der Verletzung ihrer Persönlichkeitsrechte klagen, aber aufgrund des neuen Lex PorNO sind diese Filme trotzdem verboten. Nach ihrem großen Erfolg bildete sich ein durch sie angeregtes ähnliches Genre, in dem noch lebende Personen in eine pornographische Handlung eingearbeitet werden, oftmals jedoch in einer Lebensphase, in der sie jünger und noch attraktiver waren. Wegweisend war hier etwa der von seiner Handlung äußerst dürftige Streifen »Harem«, der Valerie Niehaus, Sandra Maischberger, Cindy Crawford, Franziska Schenk und Yasmina Filali als lesbische Sexsklavinnen zeigte.

Fox' Augen weiteten sich.

»...erreichte unseren Sender heute vormittag ein Paket, das in unseren Redaktionsräumen für Schock und Entsetzen sorgte«, verkündete die Sprecherin in dem durchsichtigen Kostüm gerade. »Es handelte sich dabei um **eine abgetrennte linke Frauenbrust.** Den ermittlungstechnischen Untersuchungen der Kriminalpolizei nach wurde diese Brust **im Verlauf des gestrigen Tages ihrer Trägerin mit einem scharfen Messer abgesäbelt.«** Schräg hinter der Sprecherin wurde ein Foto der Brust eingeblendet. »Augenscheinlich gehört diese Brust zu einer Frauenleiche, die heute am frühen Morgen in einer Tiefgarage gefunden wurde. Ich wende mich jetzt zu meinem Kollegen Peter Meynecke. Peter, was konnten Ihnen die Kripo-Beamten sonst noch zu diesem grausigen Überraschungspaket sagen?«

»Babsi, die Herren von der Polizei halten sich demonstrativ bedeckt. Bezeichnenderweise war auch niemand von ihnen zu einem Interview in dieser Sendung bereit. Möglicherweise auch weil der Täter offenbar aus ihren eigenen Reihen stammt. Wir Redakteure haben ja außer diesem makabren Körperteil auch eine vom Täter selbst erstellte Nachricht erhalten. Eine sehr deutliche Nachricht, die größere Spekulationen unnötig macht.«

»Was für eine Nachricht war das, Peter?«

»Offenbar handelt es sich bei dem Betreffenden um einen jungen Streifenbeamten mit dem Namen Dirk Bankert. Seine Wohnung wurde inzwischen durchsucht. Leider war sie längst von ihm geräumt. Es sieht wohl so aus, dass dieser Mann in einer **Mischung aus Rachefeldzug und Amoklauf gegen die Kandidatinnen des Obscenity-TV** unterwegs ist. Er selbst bezeichnet es in seinem etwas wirren Schreiben als gerechtfertigten Tyrannenmord.«

»Tyrannenmord? Wie darf man das verstehen, Peter?«

»Babsi, es scheint in die Richtung zu gehen, dass er sich und unser Land von einer Flut obszöner und geistloser Fernsehsendungen terrorisiert und unterdrückt fühlt. Seiner Auffassung nach steht fest, dass diese Sendungen zu einer geistigen Verflachung der Bevölkerung führen, dass sie zudem sexuelle Übergriffe und Gewalttaten in die Höhe schnellen lassen. Dies wäre nicht länger hinzunehmen. Da aber sonst niemand gewillt oder in der Lage sei, dagegen einzuschreiten, müsse er dies wohl tun. Bislang scheint er mindestens zwei Opfer gefunden zu haben. Zwei junge Frauen.

Beide traten im Obscenity-TV auf. Sie wurden beide von Dirk Bankert **ermordet und grausam zerstückelt**. Bei der ersten Toten handelte es sich allerdings um eine Frau, zu der Dirk Bankert eine Beziehung unterhielt. Er muss sie umgebracht haben, nachdem er erfahren hatte, dass sie als Model für eine Teledildonics-Sendung tätig war. Hinter dem scheinbar politischen Hintergrund seines Feldzugs könnten also sehr wohl in Wahrheit persönliche Motive stehen.«

»Sie sprechen hier die ganze Zeit von einem Feldzug, Peter. Kündigt dieser Mensch in seinem Bekennerschreiben denn noch weitere solche Taten an?«

»Ja, Babsi, das tut er. Offenbar macht er sich jeweils die gerade prominenteste Mitwirkende des Obscenity-TV zu seiner Zielscheibe. In seinem Pamphlet, das wir erhalten haben, schreibt er auch ganz deutlich, wer sein nächstes Opfer werden soll. **Es handelt sich dabei um die Kandidatin, die den Mittelpunkt der Show FOX bildet: eine Art erotischer Fuchsjagd, die schon kurz nach ihrem Start heiß gehandelt wird. Dirk Bankert zufolge werden für den rotschöpfigen Asphaltflitzer nicht die Häscher des Senders das größte Problem darstellen, sondern er. Er würde nicht lange brauchen, um sie zu finden und dann von unten nach oben aufzuschlitzen. Dessen könne sie sich sicher sein.«**

HEISSE FÜCHSIN HILFLOSE BEUTE FÜR JEDEN »AUFREISSER«?

Dieselbe Sendung, ein anderes SubDeck. Dieses stand in einem sehr kleinen unaufgeräumten Zimmer auf einem Tisch. Auf dem zerwühlten Bett saß Dirk Bankert und lud seine Walther durch. *krashrashklackwap* Er strahlte über das ganze Gesicht.

»Das sind dann wohl **meine** 15 Minuten«, sagte er zu sich und richtete den Lauf seiner Waffe spielerisch auf den Bildschirm. Dann legte er sie beiseite, richtete sich auf und wechselte mit einem Fingertipp den Sender. Aber wieder erschienen auf dem Monitor die Gesichter von Babsi und Walter, wie sie sich miteinander unterhielten. Dirk Bankert runzelte die Stirn.

Dann veränderte sich der Kamerawinkel ein wenig, und Bankert erkannte, dass er nicht die Sendung selbst sah, sondern über die Schultern eines Mannes blickte, der einen hellgrauen Anzug trug und auf seinem Schoß ebenfalls ein SubDeck aktiviert hatte, auf dem er sich jene News-Show ansah. Ein Schwenk, und Bankert erblickte Gestrüpp und Sträucher. Er grinste von einem Ohr zum anderen.

Offenbar funktioniert es immer noch so ideal, wie er es sich überhaupt vorstellen konnte: Alles, was dieses Füchschen mit ihren Sensoren wahrnahm, das sah auch er. Und nach all den Jahren als Streifenbeamter in dieser Stadt würde er sich schon gut genug auskennen, um herauszufinden, wo sie sich gerade befand. Zumal *er* um zwanzig Uhr noch lange nicht Feierabend machte.

Und jetzt gerade hatte dieses kleine **Flittchen** offenbar erfahren, dass er sich auf seine Spur gesetzt hatte. Damit konnte die Jagd stilvoll beginnen.

Fox' Herz raste. Sie konnte immer noch nicht ganz glauben, was sie da soeben erfahren hatte. Ihre Gedanken überschlugen sich.

Der Alptraum, in dem sie steckte, wurde mit jedem Moment schlimmer und schlimmer. **Jetzt musste sie nicht nur den Häschern des Senders entkommen, nicht nur den Zugriffen zahlloser Menschen, denen sie in den Medien als leichte Sexbeute präsentiert worden war, nein, inzwi-**

schen war auch noch ein durchgeknallter Serienkiller hinter ihr her. Panik überflutete sie, und für ein paar Momente schien sie überhaupt keinen klaren Gedanken fassen zu können. Wie ein aufgescheuchtes Huhn rannte sie durch die Straßen der Stadt.

Das erste, was ihr in den Sinn kam, war, dass sie mittlerweile endgültig von allem genug hatte. Ein mordender Amokläufer, der ihr nach dem Leben trachtete, war definitiv kein akzeptables Risiko mehr. Jede Sekunde, in der sie noch in Gefahr schwebte, war eine Sekunde zuviel. Sie musste das Spiel abbrechen, definitiv Schluss damit machen. Vielleicht wäre es am besten, wenn sie so schnell wie möglich die Polizei aufsuchen und dort um Personenschutz bitten würde.

Dann aber dachte sie an die Nachrichtensendung von eben zurück. Dirk Bankert war selbst Polizist, hatte es geheißen. Es war also sehr wahrscheinlich, dass er sich in den meisten Polizeistationen der Stadt bestens auskannte. Sie waren sozusagen sein ureigenstes Revier. Sobald Fox eine dieser Stationen aufsuchte, würden die Bigelow-Sensoren ihren Aufenthaltsort ins Netz übertragen. Dirk Bankert würde es dann womöglich nur wenige Minuten kosten, zu demselben Ort zu gelangen. Das damit verbundene Risiko mochte kein Faktor sein, den er in seinem Wahn in seine Überlegungen mit einbezog. Vielleicht hatte er Fox ja auch deshalb öffentlich als sein nächstes Ziel auserkoren, um sie zu solch einer überhasteten Reaktion zu bewegen – wie ein Jäger, der sein Wild genau in die Falle trieb.

Der zweite Gedanke, der Fox in den Sinn kam, schien ihr der bessere zu sein. Sie musste zurück zum Sender! Dort würde sie offiziell aufgeben und damit das Spiel beenden. Zusätzlich wäre es vielleicht nicht verkehrt, wenn sie öffentlich gegen die Obscenity-Shows Stellung beziehen würde, ohne Umschweife klarmachen würde, wie erniedrigend und menschenverachtend sie diese Sendeform fand, für die sie sich aus nichts anderes als finanzieller Not zur Verfügung gestellt hatte. Ja, das war es! Dirk Bankert musste sie als eine Verbündete bei seinem Kreuzzug gegen diesen Schmutz und Schund wahrnehmen statt als seine Feindin.

Sobald Fox ihre Gedanken soweit geordnet hatte, wurde sie wieder ruhiger, und ihre Schritte verlangsamten sich. Sie sah sich nach irgendeinem Straßenschild um, damit sie sich wieder neu orientieren und schleunigst den Rückweg zum Sender finden konnte.

Mit kreischenden Reifen kam neben ihr ein Auto zum Stehen. *quiiiiiieeetsch!* Fox machte vor Schreck einen Satz zur Seite. Für einen Moment drohte ihr Herz auszusetzen, und sie sah schon Dirk Bankert vor sich, wie er eine Waffe aus dem Seitenfenster schob und direkt auf sie richtete.

Aber es war nicht Dirk Bankert, der in diesem Wagen saß. Es war eine Horde johlender Jugendlicher, fünf oder sechs Leute, die jetzt aus dem Fahrzeug sprangen. Ihrem Aussehen nach, erkannte Fox, standen sie beim momentanen Urban Cold War auf der anderen Seite der Front. »Was hab ich euch gesagt, das ist die Mieze aus dem Fernsehen!« rief einer von ihnen, und ein anderer erwiderte: **»Voll heavy! Die flitzt ja echt fast nackt durch die Landschaft!«** Pfiffe und Katzenlaute gellten auf. Bevor Fox richtig registrieren konnte, was geschah, hatten sie sie schon umrundet.

Urban Cold War

Wörtlich: »großstädtischer kalter Krieg«. Schlagwort der Linken für die angespannte Situation in den Metropolen der westlichen Welt zwischen Arm und Reich. Die Reichen ziehen sich zunehmend in idyllische schmucke Vororte zurück; private Wachdienste schützen sie vor der Kriminalität; Teledildonics und Netshopping bewahren sie vor Kontakt mit anderen Leuten, der ebenfalls die Gefahr von Übergriffen oder der Übertragung von Krankheiten in sich birgt. Ihre innerste Einsamkeit versucht diese soziale Schicht zum einen durch das Konsumieren derselben »coolen« Produkte einschließlich derselben Shows zu überwinden und zum anderen mittels dem nach einer wachsenden Verkommerzialisierung des Internets teuer erkauften Aufenthalt in virtuellen Gemeinschaften. Die Armen hingegen leben downtown oder in den Gettos und bekommen als Resultat des regierungsamtlichen »Kampfes gegen die Armut« immer mehr Sozialleistungen gestrichen, wohinter der Gedanke steht, dass »Menschen es sich nicht länger so einfach leisten können dürfen, arm zu sein«. Gleichzeitig flimmert unablässig die bunte Werbewelt um sie herum und hämmert ihnen ins Hirn, dass Glück, Gruppenzugehörigkeit und persönliche Identität ausschließlich durch den Konsum bestimmter Produkte zu haben sind: Jeder Werbespot wird so zur *intelligenten Bombe*. Die aufgestaute Wut der unteren Schichten kann sich aber nicht gegen die im materiellen Luxus Lebenden entladen, die sich ja durch ihre Flucht in die Vororte gerade diesem Zugriff entzogen haben. Stattdessen wüten die Armen untereinander, Überwachungskameras hin oder her. Die Zahl der Skins, die Obdachlose und Flüchtlinge zusammentreten, wächst.

»Was – was wollt ihr von mir?«

Gelächter. »Na, was werden wir schon wollen? Nur das, was du anbietest.« Und dann, mit kieksender Stimme: »Komm schon!« Ohne jede Zurückhaltung zogen sie den Kreis enger und drängten auf Fox ein, die sich plötzlich eines guten Dutzends Hände gleichzeitig zu erwehren hatte.

»Bitte!« rief sie. **»Nicht! Ich will doch gar nicht! Ich muss…«**

»Kommt, reißt ihr endlich das Ding runter!« rief einer von ihnen fröhlich, und die ersten Hände krallten sich bereits in den Stoff ihres Shirts.

»NICHT!« kreischte Fox aus voller Kehle. Für einen Moment schien sie die Kerle so erschreckt zu haben, dass sie abwartend kurz innehielten. »Ich muss zurück zum Sender! Ich mache nicht mehr mit! Ich will aussteigen!«

»Jou!« rief einer ihrer Angreifer zurück. »Verarsch uns doch! Wir haben die Sendung alle gesehen. Wenn du gewinnst, sahnst du fett die Kohle ab, aber dafür musst du auch jedem zur Verfügung stehen, der wo was von dir will. Und jetzt mach den Kopf zu, Alte, dann haben wir alle unseren Spaß.« Wieder krallten sich Finger in ihr Hemd.

»Nein!« schrie Fox erneut. **»Nicht mein SHIRT! Das ist doch alles, was ich noch hab!«**

»Also was ist dann?« fragte sie ein feister Kerl, der direkt vor ihr stand.

»Ich… also gut, also gut. Ich sag euch was. Ihr lasst wenigstens mein Shirt ganz, und ich… ich ziehe es aus, schaut, und dann… dann dürft ihr alles mit mir machen, was ihr wollt. Das ist doch okay, oder? Machen wir es doch so.«

Das Shirt flatterte hinter ihr zu Boden. Die grabschenden Hände hatten jetzt ungehinderten Zugang zu ihrem Körper und nutzten das auch voll aus. Eine dieser Hände packte Fox im Nacken und zwang sie in die Knie. Ergeben ließ sie sich schließlich auf alle viere herab. Das Pflaster unter ihren Händen und Knien war rau und schmutzig. Ihr war schwindelig. Von mehreren Seiten gleichzeitig hörte sie das Ratschen von aufreißenden Reißverschlüssen. Eine Stimme befahl ihr, den

Mund zu öffnen. Von da an war ihr Körper nicht mehr als ein Instrument der Lust, freigegeben zur gemeinschaftlichen Benutzung.

Hiob saß alleine in seinem Büro.

Er hatte sich in seinem ergodynamischen Ledersessel zurückgelehnt, hielt ein Glas mit Sekt in der Hand und machte eine zuprostende Bewegung in Richtung Bildschirm. Gebannt folgte er dem Geschehen, das über seinen Monitor flimmerte, war nicht gewillt, sich auch nur den kleinsten Pixel entgehen zu lassen.

»Yo, baby, yo, baby, yo!« rief er begeistert, trank von seinem Sekt und leckte sich über die Lippen. **»That´s entertainment.«**

Zugegeben, das ist keine beneidenswerte Situation, in der unsere kleine Füchsin da steckt. Was wird mit ihr geschehen? Wird sie rechtzeitig freikommen, oder muss sie den vier Kiddies gefügig sein? Wird sie noch von anderen Passanten aufgegabelt werden, um ihnen zu Willen zu sein? Wird sie es zurück zum Sender schaffen oder vorher den Häschern in die Hände fallen – oder gar dem amoklaufenden Dirk Bankert? Wie soll sie sich aus ihrem entsetzlichen Dilemma befreien? Kann sie Jürgen Hiob mit seinem diabolischen Plan noch irgendwie austricksen, oder bleibt ihr tatsächlich keine andere Zukunft mehr, als die Gemeinschaftshure der gesamten Stadt zu bleiben? Wird sie der Terrorherrschaft des Ratings zum Opfer fallen?

Das ist eine gute Überleitung! Um dieses Buch für Sie noch ansprechender zu machen, sehr verehrte Leser und Leserinnen, haben wir versucht, es in seinem nächsten Teil noch weiter auf Ihre medialen Sehgewohnheiten zuzuschneidern. Ich hoffe, wir haben mit diesem kleinen Experiment Ihren Geschmack getroffen – viel Vergnügen also mit Teil Zwei!

ONANIERMENÜ

II

Peter: *»Wie weit würdest du im ›Girls-camp‹ gehen?«*

Silvia: *»Ich würde mich so aufführen wie zu Hause auch! Und ja, ich würde total gerne da reinkommen. Ich würde mich sogar hochschlafen, wenn es sein müsste! Hauptsache, ich bin da mal drinne. Ich meine, jetzt so bei dem Management und so.«*

Auszug aus der Talkshow »Peter Imhof«
vom 8.1.2001 auf Sat 1

»Die würden sich selbst noch kranklachen, wenn ich Ihnen von der Bühne ins Gesicht pinkelte!«

Harald Schmidt

aus: »ITV-4U. Ihre individuelle Internet-Programmzeitschrift« vom 11.1.2012:

CyBeRFucK

Die berühmte Web-TV-Show auf @$$ *24* – jetzt auch holographisch: eine neue Dimension der Lust !!

Das bekannte Konzept bleibt unverändert: Die zwölf Kandidaten und Kandidatinnen, die sich bei einem kleinen Quiz am besten an die Produktinformationen auf diversen Werbebannern erinnern können, haben das Vergnügen, von 66 Top-Models je eines auszusuchen und ihr via Teledildonics nach Strich und Faden das Hirn herauszuvögeln. Und das ist mehr als eine Metapher: Um den Vorwurf von Fake-Orgasmen von vorneherein auszuschließen, ist @$$ *24* seit letztem Jahr dazu übergegangen, nicht nur die Geschlechtsorgane der Models, sondern auch die Lustzentren ihrer Gehirne durch elektronisch erzeugte Impulse zu stimulieren. Wenn der User Mandy stöhnen, schreien und zappeln lässt, dann kann er sicher sein, dass sie ihm nichts vormacht – er besorgt es ihr wirklich! Es ist diese besondere Authentizität, der @$$ *24* seinen phänomenalen Ruf verdankt und auch bloßen Zuschauern ein großes Vergnügen verschafft. Ein Vergnügen, das um so größer sein wird, seit **CYBERFUCK** auch auf holographischen Endgeräten wiedergegeben werden kann…

ECHTE FRAUEN – KEINE SIMS!!

:-) Das Matching dieser Show mit Ihren individuellen Vorlieben beträgt 93 Prozent :-)

Das Beste aus der »Balla-Balla-Show« vom 16.1.2012:

Der Mann kommt völlig besoffen nach Hause und ist total notgeil. Seine Frau läßt ihn nach einigem Gemecker aber doch ran. Mittendrin sagt er: »Schatz, mir kommt's gleich, wo willstes hin haben – aufn Bauch oder ins Gesicht?« Sie: »Jetzt hör aber auf, erst kommst du besoffen nach Hause und jetzt noch so 'ne Schweinerei! Mach fertig, ich will schlafen!« Er: »Nee wirklich, wohin, Bauch oder Gesicht?« Sie: »Na gut, meinetwegen... Gesicht!« Er: »BUUUÄÄÄRRRRCH!!«

Zwei Lokführer unterhalten sich. Sagt der eine: »Du, gestern ist mir was Tolles passiert. Ich fahre so durch die Nacht, und auf einmal sehe ich eine nackte Frau auf den Schienen liegen. Ich habe den Zug angehalten, bin ausgestiegen und hab eine irre Nummer mit ihr geschoben!« Fragt der andere: »Und, hat sie dir auch einen geblasen?«
»Nee, ich konnte den Kopf von der Tussi nicht finden.«

Gehen zwei Pädophile die Straße entlang, als sie ein Paar weiße Spitzenunterhöschen finden. Der erste hebt sie auf und riecht daran: »Aaah... ein siebenjähriges Mädchen!« Der andere reißt sie ihm aus der Hand und schnuppert ebenfalls: »Niemals! Die ist definitiv acht Jahre alt!« Woraufhin die beiden sich abwechselnd das Höschen entreißen und daran zu schnüffeln beginnen. »Sieben Jahre!« – »Nein, acht!« – »Ganz sicher sieben!«
Da kommt der Priester des Ortes entlang, wird auf den Streit aufmerksam und fragt, worum es ginge. Der erste Pädophile erklärt ihm, was Sache ist, und bittet ihn, den Streit zu schlichten. Der Priester ist einverstanden, greift nach dem Höschen und

hält es an seine Nase. Nachdem er sich ein wenig auf den Geruch konzentriert hat, wendet er sich wieder den beiden Männern zu: »Mit Sicherheit eine Achtjährige – aber nicht aus meiner Gemeinde.«

Klaus besucht eine öffentliche Toilette und sieht neben sich einen Mann am Urinal stehen, der ganz offensichtlich keine Arme hat. Er fragt sich, wie dieser Mann es fertigbringen wird zu pinkeln.
Klaus erledigt sein Geschäft und will schon gehen, als ihn der andere anspricht und um Hilfe bittet. Klaus ist ein gutmütiger Kerl und willigt ein.
Fragt der Mann: »Würden Sie meinen Reißverschluss öffnen?«
Klaus: »In Ordnung.«
Der Mann: »Würden Sie ihn mir bitte herausziehen?«
Klaus: »Äh... na gut.«
Klaus zieht also den Schwanz des Mannes heraus, und der ist ganz rot und gelb und hat überall so merkwürdige, ekelerregende Pickel und Schwären, Haarbüschel und Narben, und er riecht auch sehr absonderlich. Der Mann bittet Klaus, damit in das Urinal zu zielen, und Klaus tut das. Zuletzt schüttelt ihn Klaus, packt ihn wieder ein und zieht den Reißverschluss zu.
Der Mann: »Herzlichen Dank, ich weiß das wirklich zu schätzen.«
Klaus: »Schon gut, kein Problem. Aber was um alles in der Welt ist mit Ihrem Penis los?«
»Weiß ich auch nicht«, antwortet der Mann und streckt wieder seine Arme aus dem Hemd. »Aber ich werde ihn ums Verrecken nicht anfassen!«

Fox stand in der Mitte des Raumes.

Ihre Zehnen krümmten sich auf dem pastellfarbenen Teppichboden.

Der CD-Player spielte den neusten Hit von Flash Cut Nine.

»Du kannst anfangen!« sagte Natascha. Die schlanke, dunkelhaarige Frau lehnte sich in ihrer Couch zurück.

Fox begann zu tanzen.

Ein feines, zufriedenes Lächeln umspielte Nataschas Lippen.

Fox' Füße hoben, senkten und drehten sich.

»Schärfer!« flüsterte Natascha.

Ihr Blick wanderte von Fox herüber zu dem Sessel, auf dem Markus saß. Der bullige, vierschrötige Kerl schien seine Augen gar nicht von Fox lassen zu können.

Fox ließ ihre Hüfte vor- und zurückwippen. Das Blut stieg ihr in die Wangen.

Das Lächeln auf Nataschas Lippen wurde eine Spur gehässiger. »Das kannst du noch viel besser!« sagte sie. »Ich möchte, dass du all deine Geilheit hineinlegst. Als ob du durch deinen Tanz verzweifelt darum bettelst, endlich genommen zu werden.«

Die Rotfärbung von Fox' Wangen vertiefte sich.

Markus starrte sie noch immer durchdringend an.

Fox drehte, wand und schraubte sich herum.

»Was für eine billige Stripperin!« flüsterte Natascha. Sie griff nach einem Weinglas und nippte daran. »Wie sie sich uns anbietet!« Sie grinste zufrieden.

Schweiß rann Fox den Nacken herab.

»Jetzt strip!« befahl ihr Natascha.

Fox griff nach dem Saum ihres Shirts, umfasste ihn, zog ihn in die Höhe, über ihren Bauch, höher, das Hemd glitt über ihre Brüste empor, sie wand sich heraus.

»Geil!« flüsterte Natascha ergriffen.

Fox schwang das Hemd über ihren Kopf.

Sie tanze jetzt splitternackt vor den beiden.

Das Hemd flatterte vor der Stereo-Anlage zu Boden.

Natascha wandte den Kopf in Markus Richtung. »Und? Worauf wartest du noch?«

Er blickte einen Moment unsicher zurück, dann nickte er gefügig.

Seine Hände glitten herunter zu seinem Gürtel, begannen daran herumzunesteln, ihn aufzuschnallen.

Noch einmal sah er unsicher in Nataschas Richtung.

Sie machte eine ungeduldig auffordernde Handbewegung. »Mach schon!« sagte sie. »Das ist es doch, wofür ihr Kerle ein Flittchen wie sie benutzt! Um euch an ihr einen runterzuholen.«

Fox legte den Kopf in den Nacken und schloss die Augen.

»Gib dir ruhig noch etwas mehr Mühe!« schnitt Nataschas Stimme durch den Raum. »Du kannst bestimmt noch sinnlicher tanzen. Ich will, dass du ihn richtig scharf machst.«

Markus hielt jetzt sein voll erigiertes Glied in seiner Faust umschlossen und begann zu reiben.

Wieder richteten sich seine Augen auf Fox, die da vor ihm tanzte in ihrer erzwungen geilen Erbärmlichkeit.

Natascha schnurrte, lehnte sich wieder zurück und rieb ihre jeansbekleideten Beine aneinander.

Fox ließ die eine Hand zwischen ihre Beine gleiten, liebkoste mit der anderen ihre Brüste.

Markus stöhnte.

Natascha spitzte die Lippen.

Jetzt fuhr sich Fox mit ihren Händen durchs Haar, schüttelte ihre Brüste. Für einen Moment verlor sie die Kontrolle über ihre Gesichtszüge. Sie entgleisten zu einer Grimasse – aber nur sehr kurz. Schon in der nächsten Sekunde war Fox wieder die heiße kleine Lapdancerin, die sie zu spielen hatte. Und so tanzte sie auf Markus zu.

»Ja!« hauchte Natascha.

Fox stand jetzt ganz dicht vor Markus. Ihre Brüste wippten direkt vor seinen Augen. Er rieb seinen Schwanz schneller und schneller. Nur noch wenige Sekunden war er von seinem Höhepunkt entfernt.

Neue Leiden

von *Cagliostro*

Ein Regenbogen der fiesesten Ideen – lustvolles Frösteln garantiert

Neue Leiden: eine Sammlung von 19 megacoolen Kurzgeschichten, fiebrigen Phantasien und raffiniert kalkulierten Inszenierungen, ein Kaleidoskop, das Gedankensplitter durcheinanderwirbelt, zu immer neuen Bildern fügt, die Farben fließend, changierend, wie durch einen Tränenschleier gesehen. Cagliostro wechselt Standpunkt und Betrachtungsweise nach Belieben, entzieht sich hartnäckig jeder Kategorisierung, ein Alchimist, erfahren im Umgang mit den Stoffen, aus denen unsere Träume sind. Kaum ein Knopf, den er nicht wenigstens kurz drückte, kaum ein sadomasochistisches Szenario, das er nicht wenigstens en passant streifte! Seine Erzählungen locken, verführen, zerren uns in Welten, in denen aus Tätern Opfer werden, Opfer aus ihren Niederlagen Triumphe schmieden, wo oben unten und das Unten ein Oben sein kann.

»Sein Wortwitz und seine geilen Phantasien machen das Buch zu einer anregenden Bettlektüre« (Twilight)

»Cleverly crafted literature« (The Nitwit Papers)

»Kurzgeschichten, die sich durch Niveau und überraschende Handlungen auszeichnen… Prädikat: sehr empfehlenswert.« (Marquis)

CAGLIOSTRO – SM-Literatur hat wieder einen Namen!

Im Jahr 2000 erreichten die Ausgaben für Waffen weltweit den höchsten Stand seit zehn Jahren: So investierten die Staaten dieser Erde im Jahr zuvor mehr als 1.800 Milliarden Mark in todbringende Systeme. Weltweit sind allein 30.000 Atomsprengköpfe stationiert. Die deutsche Bundesregierung genehmigte im Jahr 1999 Rüstungsexporte im Wert von 5,9 Milliarden Mark.

Das Beste aus der »Balla-Balla-Show« vom 12.2.2012:

Zwei Nutten stehen in Mainz im Fahrstuhl. Sagt die eine: »Mainz ist echt ein Dreckloch!« Darauf die andere: »Na, meins auch!«

Zwei Nutten stehen im Fahrstuhl. Sagt die eine: "Puh, hier stinkt's nach Sperma!« Darauf die andere: »Man wird ja wohl noch mal aufstoßen dürfen!«

Die Tochter fragt den Vater, ob er ihr sein Auto für die Fahrt zur Disco leiht. Darauf er: »Okay, wenn du mir einen bläst!« Da ihr der Abend sehr wichtig ist, willigt sie ein. Plötzlich meint sie: »Igitt, der schmeckt ja voll nach Scheiße!« Darauf der Vater: »Mist, das hab ich glatt vergessen - den Wagen hat ja dein Bruder...«

Wie schwängert man eine Polin? - Man wichst in ihre Schuhe und lässt die Fliegen den Rest erledigen.

Zwei Freunde unterhalten sich über ihre Urlaubsziele. »Ich war auf den Malediven. Strand, Sonne, alles super. Und Du?« - »Ich war in Rio, bin überfallen worden, und meine Frau wurde vergewaltigt.« Im nächsten Jahr treffen sie sich wieder. Der eine war auf den Seychellen. Strand, Sonne, alles super. Der andere war in Rio, wurde überfallen, zusammengeschlagen und seine Frau vergewaltigt. Im dritten Jahr treffen sie sich vor der Urlaubsreise. »Und, fährst Du wieder nach Rio?« - »Ich nicht, aber meine Frau.«

aus: »ITV-4U. Ihre individuelle Internet-Programmzeitschrift« vom 9.3.2012:

The HUMILIATION-Show

Die Show, die ein ganzes Genre prägte!!

Diese Internet-Sendung trat eine Lawine los. Sie begründete den Boom des nach ihr benannten Humiliation- und Obscenity-TVs. Zu einem Zeitpunkt, als die Ära der politischen Korrektheit ihren Höhepunkt gerade überschritten hatte, die Zensurforderungen laut geworden waren wie nie und Frauen in den Medien nicht mehr anders präsentiert werden durften denn als superstark, supererfolgreich und Männer nicht mehr anders als minderwertig und lächerlich, ließ der ITV-Pionier Ruud van Rijngraetje das Medienpendel radikal in die andere Richtung umschlagen. Er rückte junge Kandidatinnen auf sehr ungewohnte Weise in den Mittelpunkt seiner Show. Unter anderem ließ er sie männlichen Gummipuppen, die mit einem Dildo ausgestattet waren, möglichst kunstvoll einen blasen, erlaubte aus den Zuschauern ausgewählten Männern, die Kandidatinnen durch Abtasten zu erkennen, und forderte von den Teilnehmerinnen seiner Sendung, extreme Wetteinsätze einzulösen – etwa der ersten Reihe des Saalpublikums die Schuhsohlen abzulecken oder sich für drei Minuten nur in Unterwäsche in einen mit Fledermäusen gefüllten Käfig sperren zu lassen. Dem Publikum wiederum stand die Aufgabe zu, per Ted-Abstimmung die Kandidatinnen zu belohnen bzw. zu bestrafen: Wer immer nach einer Runde in der Publikumsgunst am niedrigsten stand, musste nach dem Strip-Poker-Prinzip ein weiteres Kleidungsstück ablegen. Die Bilder der Rechtsreferendarin Meike König, wie sie gegen Ende der Sendung nur noch mit Dessous bekleidet mit Halsband und von Paketband umwickelten Pfoten die Rolle eines Hundes spielen, aus einem Napf fressen und Bälle apportieren musste, gelten noch heute als eines der umstrittensten Dokumente der neueren Mediengeschichte.
Schon einen Tag nach ihrer Ausstrahlung schaffte es diese Show eines bis dato unbekannten ITV-Senders auf die Titelseite gleich mehrerer (nicht nur: Boulevard-) Zeitungen. Ungeachtet des gegen ihn erhobenen Vorwurfs der »eklatanten Frauenverachtung« (man behauptete etwa, dass er alle Frauen als latente Prostituierte darstellte, die sich für genügend Geld zu wirklich

allem hergaben) gelang es Rijngraetje, mit dieser Show einen Siegeszug loszutreten, der ihn binnen kürzester Zeit zu einem der *Major Players* im Internet-Fernsehen machte. Bis heute konnte er es sich leisten, auch verlockendste Angebote von Murdoch, Kirch oder Bertelsmann abzulehnen und unabhängig zu bleiben. Rijngraetje: »Wir geben dem Publikum nur, was es will. Das ist nichts anderes als gelebte Demokratie. Und der Erfolg gibt uns recht.« Auch in seiner kommenden Staffel sind die Werbeplätze jetzt schon zu Summen belegt, die anderswo als reine Phantasiepreise gelten dürften. Tatsächlich scheint halb Deutschland bereits der ersten neuen Show entgegenzufiebern…

S U P E R N O V A SPECTACLE **– Gnadenlos am Limit**

:-) Das Matching dieser Show mit Ihren individuellen Vorlieben beträgt 96 Prozent :-)

Hummeln fallen waagrecht

von *Cagliostro*

DER endgeile SM-Roman für die Jahrtausendwende

An der Universität Mainz findet der Geschlechterkampf auch auf erotischer Ebene statt: Thomas und Chiara begegnen sich als post-postmodernes Liebespaar, sie dominant, er devot, sie Mitarbeiterin in der feministisch orientierten Frauenbibliothek, er unter dem Einfluss seines besten Freundes Heiko, dem vielleicht ersten Maskulisten in der deutschen Nachkriegsliteratur. Alltag und Realität treffen auf Wunschvorstellung und Phantasie, das Politische wird privat und umgekehrt, Männerrevolte begegnet der Frauenherrschaft. Wenn in dieses Spannungsfeld sämtlicher Pole glühende Liebe und knisternde Leidenschaft treten, dann sprühen die Funken wahrhaftig in alle Richtungen zugleich…

Ununterbrochen hastete Fox zwischen dem Herd und dem Tisch, an dem ihre vier Herren schmatzend kauten, hin und her, eilfertig bemüht, sie zu ihrer vollen Zufriedenheit zu bedienen.

Wieder und wieder kam sie dabei nicht umhin, mit ihren bloßen Füßen auf die halb abgenagten Hähnchenknochen zu treten, welche die Fressenden mutwillig zu Boden geworfen hatten. In ihren Gesichtszügen war zu erkennen, wie sehr sie jedes Mal darum kämpfte, den in ihr aufsteigenden Ekel unter Kontrolle zu halten.

»Köstlich!« stieß einer der vier hervor und rülpste aus voller Kehle. Er winkte Fox zu sich heran.

»Ja, Herr?« fragte sie mit aller Unterwürfigkeit und Demut in der Stimme, die sie überhaupt aufbringen konnte.

»Das machst du echt klasse!« stieß er hervor. »Aber ich hab immer noch Hunger. Immer noch Appetit nach heißem Fleisch, nach mehr heißem Fleisch…«

Seine fetttriefende Hand schob sich zwischen Fox' Beine, die diese nach einem nur kurzen Moment des Sperrens scheinbar bereitwillig öffnete. Die glänzenden, glitschigen Finger wühlten sich gierig tastend nach oben, unter Fox' Shirt, fanden ihre intimste Stelle.

Fox stöhnte.

Die anderen lachten. Eine zweite Hand fand sich auf ihrem Arsch.

»Auf die Knie!« befahl der Kerl, der vor ihr hockte. »Und sperrs Maul auf!«

Sie gehorchte, kauerte jetzt vor ihm, den Mund weit geöffnet.

Er langte einen erkalteten Hähnchenschlegel vom Tisch und schob ihn ihr zwischen die Lippen.

»Suck!« sagte er. »Und mach deine Sache gut, hörst du!«

Wieder schallte Gelächter, während Fox dem Hühnerbein einen Blow-Job verpasste, als ob es das Organ eines zutiefst geliebten, ja verehrten Mannes wäre. Die Hand hinter ihr hatte jetzt ihren Arsch verlassen und wühlte sich in Fox' Haar, säuberte sich darin.

»Die ist echt geil!« jubelte ein anderer. »Checkt ihr das, wie geil die ist? Los jetzt, auf den Tisch; wir bedienen uns jetzt, sonst sind wir nachher zu voll.«

Fox schaffte es gerade noch, sich das Shirt vom Körper zu reißen, bevor sie von mehreren Händen gleichzeitig gepackt, hochgestemmt und auf den Tisch geworfen wurde, mitten zwischen die Hühnerknochen, Pizzaränder und anderen Nahrungsreste. Ihre rechte Schulter landete auf einem Fetzen Schmelzkäse. Schon wurden ihr die Beine mit derselben Selbstverständlichkeit geöffnet, mit der man einen Hähnchenschlegel löste. Einer griff nach ihrer Brust, ein anderer beugte sich über ihr Gesicht – kurz bevor auch ihm ein donnernder Rülpser entfuhr. Fox schnitt eine Grimasse. Um sie herum brandete das Gelächter.

Überall an ihr waren Hände, nur zwischen ihren Schenkeln war eine Zunge.

Fox drehte ihre Augen zur Decke und übergab sich der geifernden Gruppe.

Das Beste aus der »Balla-Balla-Show« vom 26.3.2012:

Fritzchen und Peterchen spielen Wilhelm Tell. Fritzchen steht mit einem Apfel auf dem Kopf an der Wand, Peterchen zielt – doch er schießt daneben und trifft in Fritzchens rechtes Auge. Peterchen zielt nochmals – aber er schießt erneut daneben und trifft Fritzchens linkes Auge. Da sagt Fritzchen: »Ich geh jetzt nach Hause!« Peterchen: »Du Spielverderber! Nur weil ich danebengetroffen habe?« Fritzchen: »Nein – meine Mama hat gesagt, ich soll heimkommen, wenn es dunkel ist...«

»Sag mal, Peterchen, warum bewirfst du denn den armen Jungen mit Steinen?«
»Weil ich nicht näher rangehen kann. Er hat Keuchhusten!«

Kommt ein Mann zum Apotheker: »Gibt es die Pille auch schon für Elfjährige? Ich bräuchte so was für meine Tochter.« Der Apotheker ist verdutzt: »Ihre Tochter ist mit elf Jahren schon sexuell aktiv?« – »Ach was, sie liegt genauso steif da wie ihre Mutter.«

Zwei Polen wollen in ein Haus einbrechen. Der erste steht draußen Schmiere, der zweite steigt durch die Balkontüre ein. Er geht durch das Haus, steckt etwas Geld und Schmuck ein und gelangt dann in das Schlafzimmer, wo die Frau alleine im Bett liegt. Sie wird wach und sagt: »Bitte tun Sie mir nichts!« – »Tut mir leid, ohne Vergewaltigung kommen Sie hier nicht raus.« – »Bitte, bitte, ich gebe Ihnen auch all mein Geld!« – »Nein, ich habe gesagt, dass Sie hier ohne Vergewaltigung nicht mehr rauskommen, also kommen Sie hier auch ohne Vergewaltigung nicht mehr raus. Aber ich will, weil heute Weltfrauentag ist, noch mal gnädig sein. Sie dürfen sich aussuchen, ob mit oder ohne Vaseline.« - »Also wenn ich schon muss, dann doch lieber mit Vaseline!« Geht der Pole zum Fenster: »Vaseline, kannst du mal schnell reinkommen?«

Fragt das kleine Mädchen im Badezimmer: »Mutti, was hast du denn da?« - »Eine Vagina.« - »Wann krieg ICH so eine?« - »Wenn du groß bist.« Rennt es zum Papa rüber: »Du, Papa, was hast du denn da?« - »Einen Penis.« - »Wann krieg ICH so einen?« - »Sobald deine Mutter auf der Arbeit ist.«

Am 3. und 4. Juni 2000 saß ein Europäisches Tribunal in Berlin über die Nato zu Gericht. Nach dem Vorbild der Russel-Tribunale gegen den Vietnamkrieg war es von mehr als 60 Menschenrechts- und Friedensgruppen vorbereitet worden, darunter der Internationalen Liga für Menschenrechte, medico international sowie der christlichen Friedenskonferenz. Angeklagt waren die Staatschefs und hohen Militärs aller Nato-Staaten sowie sämtliche Bundestagsabgeordneten, die 1999 dem Angriff auf Jugoslawien zugestimmt hatten. Verhandelt wurde über Völkerrechtsbruch und Kriegsverbrechen des westlichen Militärbündnisses. Nach zweitägiger Beweisaufnahme und Erörterung verkündete der international renommierte Völkerrechtler Prof. Norman Peach vor mehr als 300 Teilnehmern aus über 20 Ländern das Urteil: Alle Angeklagten hätten sich durch den Angriff auf die Bundesrepublik Jugoslawien vom 24. März bis 10. Juni 1999 der »schweren Völkerrechtsverletzung schuldig« gemacht, wegen »Verstoßes gegen das absolute Gewaltverbot nach Artikel 2 Ziffer 4 der UN-Charta, Verletzung der territorialen Souveränität nach den Prinzipien der Deklaration über das friedliche Zusammenleben der Staaten und nach dem Aggressionsverbot der UN-Resolution 3314.« Das Urteil wurde von dem zehnköpfigen, international besetzten Richterkollegium einstimmig verfasst. Das Tribunal gelangte unter anderem zu der Überzeugung, dass es eine humanitäre Katastrophe im Kosovo, wie sie insbesondere von den deutschen Ministern Fischer und Scharping als Rechtfertigung für den Kriegseinsatz der Bundeswehr gegen Jugoslawien beschworen worden war, nie gegeben hatte. Die Situation im Kosovo sei von verantwortlichen Politikern übertrieben dramatisiert und verfälscht dargestellt worden. Schuldig hatten sich aber auch die Medien gemacht, welche die Greuelpropaganda begierig aufgegriffen und Schützenhilfe dabei geleistet hatten, Deutschland in seinen dritten Angriffskrieg auf Jugoslawien zu hetzen. Letztlich habe sich erst durch die Nato-Intervention die Situation im Kosovo dramatisch verschlimmert: Die Zahl der Flüchtlinge und Vertreibungen wie der Toten, Verletzten und ihres Hab und Guts Beraubten sei mit Beginn der Bombardierungen um ein Vielfaches gestiegen. »Noch nie haben so wenige so viele so gründlich belogen wie im Zusammenhang mit dem Kosovo-Krieg«, verkündete im Frühjahr 2000 der CDU-Bundestagsabgeordnete Willy Wimmer. »Dafür sind Menschen gestorben.«

aus: »ITV-4U. Ihre individuelle Internet-Programmzeitschrift« vom 17.4.2012:

WebSex für Arme

Der unwiderstehliche Zauber der Schlichtheit

»CaleidoSCOPE«, der populärste ITV-Führer der Branche, analysierte diese Show vor einigen Monaten folgendermaßen: *»Es ist mehr als beeindruckend, mit welch einfachen Mitteln und welch geringem finanziellen Einsatz die Macher dieser Sendung einen weiteren Publikumsrenner auf dem Markt platzieren konnten. Die Genialität beginnt in der Einfachheit des Grundgedankens: Eine höchst attraktive, aber hochverschuldete junge Frau hat die Chance, ihren Kontostand mit Hilfe des Senders wieder auf Null zu bringen. Als Gegenleistung hat sie zwei Dutzend Webcams in Ihrem Zuhause zu installieren, um sich damit auch bei intimsten Verrichtungen filmen zu lassen. Sobald ihr Kontostand wieder ausgeglichen ist, ist das Spiel beendet. Besonderes Schmankerl Nummer eins: Die Zuschauer dürfen übers Netz bestimmte Wünsche äußern, welche die Kandidatin vor der Kamera zu erfüllen hat, beispielsweise einen aufreizenden Striptease oder Sex mit einer männlichen Gummipuppe. Besonderes Schmankerl Nummer Zwei: Jeden Samstagabend muss die Kandidatin die Wohnung verlassen, irgendwo einen Kerl aufreißen, mit ihm ihn ihre Wohnung zurückkehren und es dort mit ihm vor den Kameras treiben. Dafür wird ihr ein besonders hoher Betrag erlassen. Gelingt es ihr einmal nicht, eines dieser beiden Hindernisse zu bewältigen, dann verfällt der gesamte bisher eingespielte Betrag…*
Die Kritiker, die von dieser Sendung zunächst nichts Besonderes erwarteten, wurden durch das Gespür ihres Produzenten Jan Foldebegge bald eines besseren belehrt. Ihm gelangen gleich drei Volltreffer zusammen. Volltreffer Nummer eins: Die Show kostet den Sender nicht das Geringste bis auf die Webcams und die Auszahlung der Siegesprämie – und selbst diese blieb ihr bisher in einigen Fällen erspart. Schauplatz und Requisite wurde von den Kandidatinnen selbst geliefert, an die Stelle des üblichen Glamours trat ein zu mancherlei spöttischen Zuschauerreaktionen Anlass gebender Sozialfall-Chic. Volltreffer Nummer zwei: Sehr oft war es für die Kandidatin überraschend schwierig, samstagabends einen Typen zu finden, der ih-

ren eigenen Ansprüchen halbwegs gerecht wurde, so dass sie sich zu intimen Aktionen mit eher fragwürdigen Gestalten veranlasst sah – wobei die Zuschauer zu ihrer Erheiterung den eigentlichen Unwillen der Kandidatin deutlich zu sehen bekamen. Volltreffer Nummer drei: Durch ein geradezu geniales Casting Foldebegges wurden gerade solche Frauen zu Kandidatinnen erkoren, die üblicherweise eine sehr stolz-unnahbare Attraktivität ausstrahlten, welche in seiner Sendung nun lustvoll gebrochen werden konnte. So entwickelte sich WebSex für Arme binnen kürzester Zeit vom Geheimtipp zum Publikumsmagnet.«

»WebSex für Arme« wird Ihnen präsentiert von *NeverNever*Entertainment!

:-) Das Matching dieser Show mit Ihren individuellen Vorlieben beträgt 94 Prozent :-)

Schätzungen zufolge sind etwa 90 Prozent aller Obdachlosen männlich, davon haben knapp zwei Drittel als Folge einer Scheidung ihr Dach über dem Kopf verloren. Ein staatliches Sozialprogramm für Wohnungslose gibt es allein für die Minderheit der Frauen unter ihnen.

Vagina Dentata

von *Cagliostro*

Hard boiled sadomasochism with more than one twist

Der Comichändler und Hobbyschriftsteller Michael Stark ist auf der Suche nach zwei Dingen: einem Aufhänger für sein nächstes Buchprojekt und einer Frau, mit der er seine sexuellen Phantasien ausloten kann. Bei einem seiner nächtlichen Streifzüge durch das Rotlichtviertel stolpert er über einen nackten, gefesselten und verstümmelten Mann: das neuste Opfer der in den Medien so bezeichneten Serienkastriererin »Vagina Dentata«. Stark beschließt, sich an der Fahndung nach dieser Person zu beteiligen. Er dringt dabei in eine ebenso irritierende wie beängstigende Subkultur seiner Stadt vor, eine mit grotesken Gestalten bevölkerte Welt, in der Grausamkeit übergeht in Lust und Hingabe in Unterwerfung. Bald muss er sich nicht nur mit äußeren Bedrohungen auseinandersetzen, sondern auch mit dem Gefühlschaos, das in seinem Inneren zu brodeln beginnt…

»Vagina Dentata« ist ebenso verstörend wie faszinierend, ein bizarrer, endcooler Krimi in den Grenzbereichen zwischen Begierde und Wahn.

»Bücher wie VAGINA DENTATA lassen mich wünschen, sie würden verfilmt.« (Anais in ihrem Erotic Book Shop unter http://anais.stratics.de/buchshop/)

CAGLIOSTRO liebt dich! …Ja, dich auch!

Der Menschenrechtsorganisation Gendercide Watch zufolge, die sich die Berichterstattung über geschlechtsspezifische Massenmorde überall auf der Welt zur Aufgabe gemacht hat, haben staatlich angeordnete geschlechtsbezogene Massentötungen in der gesamten Menschheitsgeschichte wie in der Gegenwart weit überwiegend Männer zum Opfer. Dieser Punkt werde aber weder von der Politik noch von den Menschenrechtlern noch von der wissenschaftlichen Forschung zur Kenntnis genommen. Gendercide Watch bezeichnet dieses Thema daher als eines der größten Tabus unseres Zeitalters – ein Tabu, das nicht länger aufrechterhalten werden dürfe.

Das Beste aus der »Balla-Balla-Show« vom 1.5.2012:

Was ist schwarz, wirft Blasen und klopft alle 10 Sekunden ans Glas?
Ein totes Baby in einer Drehteller-Mikrowelle.

Was ist rot und orange und schwimmt auf der Wasseroberfläche?
Schwimmflügel mit einem geplatzten Baby!

Was ist grünschwarz und orange und findet sich auf dem Boden eines Pools an?
Dasselbe Baby drei Wochen später.

Warum bringt der Vater immer kochendes Wasser nach der Geburt? – Bei einer Totgeburt kann man immer noch eine Suppe draus machen.

Was ist schlimmer, als ein Baby mit dem Auto zu überfahren?
Das Baby wieder aus dem Profil zu kratzen.

Wie bekommt man ein Baby dazu, schneller zu krabbeln?
Man jagt es mit dem Rasenmäher.

Was ist rot und weiß und schreit?
Ein fertig geschältes Baby in einem Sack Salz.

Was ist rosarot und silbern und läuft gegen Wände?
Ein Baby mit Gabeln in den Augen.

Was wird kleiner und kleiner und röter und röter?
Baby mit Kartoffelschäler.

Was ist schlimmer als ein Lastwagen voller toter Babys?
Ein Lastwagen voller toter Babys mit einem lebenden, das sich vom Boden aus seinen Weg hochfressen muss.

Wie ermittelt man das Alter eines Babys?
Man schlägt den Kopf ab und zählt die Ringe.

Die Hände noch immer schamhaft vor ihr Gesicht geschlagen, huschte Fox durch die abendlichen Hintergassen der Stadt. Es hatte begonnen zu regnen, und sie hatte Mühe, den Pfützen auszuweichen.

Sie konnte es nicht glauben, was sie in den letzten Tagen alles hatte über sich ergehen lassen. Noch immer fühlte sie ihren ganzen Körper bis in den letzten Winkel besudelt. Fast glaubte sie, dass von unter ihrem Shirt immer noch das Sperma dieses Typs zwischen ihre Füße platschen würde.

Selbst ihr eigener Körper, ihre eigenen Gefühle hatten ihr nicht mehr gehorcht. Wie hatte sie gestöhnt, geschrieen, gezappelt und sich gewunden. Das lag alles nur an diesem gottverfluchten Aponat X! Die Regierung versuchte inzwischen angeblich, den Vertrieb dieses Aphrodisiakums unter Kontrolle zu bringen, aber über das Internet konnte man es absolut problemlos aus dem Ausland erhalten. Heutzutage schien jeder zweite Achtzehnjährige dieses Mittel in seinem geheimen Arzneischrank zu haben.

Fox zwang sich dazu, an einer Straßenecke anzuhalten. Der Wind schlug ihr das Shirt gegen den Körper und durchwühlte ihr Haar.

Mein Gott, hatte der Kerl sicherheitshalber die ganze Flasche hineingeschüttet!? Er hatte sie bestimmt zwei oder drei Stunden lang als Fickmaschine benutzt, und SIE WAR IMMER NOCH GEIL.

Mühsam versuchte sie, ihren fliegenden Atem wieder zu beruhigen. Die kalten Regentropfen schlugen wie Nadelstiche auf ihre Haut.

Ein Bus rollte heran, hielt und öffnete nur wenige Meter von ihr entfernt die Türen.

Ohne lange zu überlegen schlüpfte Fox hinein.

Der Bus war so gut wie leer, was wohl an der späten Uhrzeit lag. Die Innenbeleuchtung war aber noch ausgeschaltet. Fox stieg hinten ein und hoffte, dass ihre Gestalt im düsteren Zwielicht so verschwamm, dass niemand erkannte, um wen es sich bei ihr handelte.

Sie fand einen Sitzplatz und streifte sich eine Strähne nassen Haares aus der Stirn.

Der Bus fuhr an.

Wo sollte sie jetzt nur ein Schlafquartier hernehmen? Der Kerl, für den sie eben hatte die willige Hure spielen dürfen, hätte sie dafür wenigstens bei sich nächtigen lassen können. Aber stattdessen hatte er sie nach Benutzung aus der Tür geworfen wie ein gebrauchtes Kondom.

Tja, und jetzt war es dunkel und kalt, und es regnete…

…und das Allerschlimmste war…

…sie war immer noch so geil, dass sie sich kaum beherrschen konnte.

Aber vielleicht machte die zwanghafte Selbstbeherrschung in ihrer Situation ja auch gar keinen Sinn?

Fox blickte durch die Fensterscheibe des Busses, über die der Fahrtwind die Regenbahnen wehte.

Ihre rechte Hand lag auf ihrem Schoß. Plötzlich, wie unwillkürlich, begann sie sich zu bewegen.

Fox ließ sich tiefer in den Sitz hinunterrutschen und ihre Finger tiefer unter ihr Shirt.

Wenigen Sekunden später begann sie, sich zu fühlen.

Ihr Atem ging tiefer, stoßhafter.

Ein leises Stöhnen entrang sich ihren Lippen.

Ja, das war es, was sie jetzt brauchte! Heiße Wellen der Lust begannen durch ihren Körper zu strömen und machten sich daran, den Stress mit jedem Atemzug mehr aus ihr herauszuspülen.

Und dann erstarrte sie von einer Sekunde der anderen wieder zu Eis.

Sie schlug die Augen auf.

Jemand hatte sich neben sie gesetzt.

»Na du?« sagte er, und es schwang ein feiner Spott in seiner dunklen Stimme mit. Plötzlich war es ihr klar, dass er schon einige Zeit lang beobachtet haben musste, was sie da tat.

Fast beiläufig legte er seine Hand in ihren Schoß, direkt auf ihre.

»Mach nur so weiter«, flüsterte er ihr ins Ohr.

Und Fox gehorchte.

aus: »ITV-4U. Ihre individuelle Internet-Programmzeitschrift« vom 20.5.2012:

Himmel & Hölle

Der beliebte Klassiker von Fun-N@ geht in eine neue Runde !!

Es bleibt bei dem bewährten Konzept, das aufgrund seines großen Erfolges bei den männlichen wie den weiblichen Zielgruppen den ITV-Anbieter Fun-N@ deutschlandweit bekannt machte: Fünf ebenso dominante wie

verwöhnte höhere Töchter, die ansonsten aber einen sehr unterschiedlichen Charakter sowie unterschiedliche sexuelle Neigungen besitzen, leben über vier Monate hinweg in einer Luxus-WG und lassen sich dabei von Kameras beobachten. Außerdem erhalten sie einen finanziell höchst bedürftigen Sozialhilfeempfänger als Haussklaven, mit dem sie prinzipiell anstellen dürfen, was sie wollen. Zumindest sollte es in seinem eigenen Interesse liegen, ihnen auch den kleinsten und ausgefallensten Wunsch von den Augen abzulesen und ohne Zögern zu erfüllen. Denn er erhält für jeden Tag, den er es unter dieser Frauenherrschaft aushält, eine exponential steigende Summe, kann aber am Ende jedes Tages herausgevotet werden, falls er der Mehrheit seiner jungen »Herrinnen« nicht unterwürfig genug ist. Er selbst kann jederzeit aufgeben und die WG verlassen, wird dann aber alles, was er bis dahin gewonnen hat, unweigerlich verlieren. Reiner Unfug, verantwortlicher Produzent der Show, verriet ITV-4U, dass der Erfolg oder Misserfolg einer Staffel fast ausschließlich in den Händen der Caster läge: »Je unreifer die von uns ausgewählten Gören und je maßloser ihre Ansprüche sind, desto knalliger zündet die Show.«
Ob wir also auch diesmal wieder so ein einfallsreiches Biest erleben dürfen, wie es in der fünften Staffel Kerstin mit ihrer ebenso fiesen wie schmutzigen Phantasie war? Man darf gespannt sein! Diese witzige Show bietet Unterhaltung für jung und alt, und jeder kann für sich selbst die Frage beantworten, ob das Leben in dieser WG für ihn Himmel oder Hölle wäre…

Fun-N@: ***R U having FUN y@?***

:-) Das Matching dieser Show mit Ihren individuellen Vorlieben beträgt 91 Prozent :-)

In Deutschland sterben jährlich 200.000 Arbeitnehmer an den Folgen ihrer Arbeit. Fast alle sind Männer.

Das Beste aus der »Balla-Balla-Show« vom 29.6.2012:

Der Wilde Westen: Ein kleines Mädchen sitzt heulend vorm Haus. Kommt ein Cowboy vorbei und fragt, was denn passiert sei. »Oooh, es ist schrecklich. Die Indianer sind gekommen, haben meine Eltern entführt, meine große Schwester vergewaltigt und meinen Bruder ermordet.« Darauf steigt der Cowboy vom Pferd ab, macht seine Hose auf und sagt: »Schätze, heute ist echt nicht dein Tag…«

Unterhalten sich zwei Opas über Geburtstagsgeschenke: »Ich werde meiner Frau zum Geburtstag eine Gasmaske schenken.« – »Was, wieso denn das?« – »Na erstens wird sie dadurch schöner, zweitens ist der Mundgeruch weg und drittens, wenn ich den Schlauch zuhalte, stemmt sie wie 'ne 18jährige.«

In einem Hospital, in dem die Opfer von Landminen behandelt werden, erwacht ein kleines Mädchen aus der Narkose. »Herr Doktor, irgendwas stimmt nicht. Ich kann meine Beine nicht fühlen.« – »Yep, wir mussten dir beide Arme amputieren.«

Ein kleiner Junge und ein Pädophiler gehen nachts durch den Wald. Jammert der Junge: »Es ist so dunkel! Ich mag das nicht! Ich hab Angst!« Antwortet der Pädophile: »DU hast Angst!! Dabei muss ICH hier ganz alleine zurückgehen!«

Für den Bruchteil einer Sekunde trafen sich ihre Blicke.

Fox erkannte ihn sofort. Das Bild des Amokläufers Dirk Bankert war auf allen Kanälen verbreitet worden und hatte sich längst in ihre innere Netzhaut eingebrannt.

Und auch ihm musste ihr Anblick mittlerweile wohlbekannt sein. Offenbar war ihre Begegnung ja auch kein Zufall: Er hatte sie gejagt, ihren ungefähren Aufenthaltsort mit Hilfe der Bigelow-Sensoren und des Virilioptricons herausgefunden – und jetzt brauchte er sie nur noch zu stellen und umzubringen.

Augenblicklich fuhr seine Hand unter seinen weiten, schwarzen Ledermantel.

Fox kreiselte auf den Fersen herum und jagte davon.

Dirk fluchte und setzte sich ebenfalls in Bewegung, hetzte hinter ihr her.

Mit wehendem Shirt sprang Fox über im Weg stehende Blumenkübel, umschiffte entgegenkommende, irritierte Passanten, schlug dabei einen Haken nach dem anderen. Ihre bloßen Füße flogen förmlich über das Pflaster.

Hinter sich hörte sie das Knallen von Bankerts Stiefeln.

Vor ihr tat sich der Schlund einer U-Bahn-Station auf. Ohne lange zu überlegen, schlüpfte Fox hinein und rannte die Treppe herunter. Auf halbem Weg kam ihr ein ganzer Strom von Fahrgästen entgegen, den ein eben angekommener Zug gerade ausgespuckt haben musste.

Gleichzeitig war Bankert am Kopf der Treppe angekommen.

Fox machte sich schmal und schlüpfte zwischen den Entgegenkommenden hindurch. Links und rechts von ihr erklangen überraschte Ausrufe.

Auch Bankert stürmte jetzt die Stufen herab.

Der Zug stand noch auf den Gleisen. Immer noch stiegen Menschen ein, drängten sich in den Waggons. Es war gerade Rush-hour, fiel es Fox ein.

Sie spurtete in einen Waggon, machte sich klein, versuchte, in der Menge unsichtbar zu werden.

Das gelang ihr zunächst. Schwer atmend kam Bankert auf dem Bahnsteig an, blickte sich suchend um, konnte sein Wild nirgendwo entdecken.

Endlich sprang er ohne zu überlegen in einen x-beliebigen Waggon.

Fox blieb fast das Herz stehen. Ebenso wie sie hatte ihr Jäger den Waggon gewählt, dessen Zugänge am nächsten lagen. Er hatte sie offenbar noch nicht gesehen, war aber nur durch wenige Meter dicht an dicht gepresster Menschen von ihr entfernt.

Noch schützte sie so die vollgestopfte Bahn. Aber sie hatte keine Ahnung, wie sie ihrem Häscher entkommen sollte, sobald der Waggon sich zusehends leeren würde. Im Moment zumindest konnte sie nichts anderes tun, als möglichst unsichtbar zu bleiben. Sie zog die Schultern zusammen, senkte den Kopf, machte sich so klein wie möglich, ja, wagte kaum zu atmen.

In der nächsten Sekunde spürte sie, wie sich von hinten eine Hand unter ihr T-Shirt schob.

Fox konnte es kaum fassen. Selbst jetzt, in dieser für sie elementaren Gefahrensituation, hatte irgendein Spinner nichts anderes zu tun, als ihre Lage auszunutzen und sich ihrer sexuell zu bemächtigen.

Die Türen glitten zu; der Zug setzte sich in Bewegung.

Fox hatte keine Ahnung, was sie jetzt tun sollte. Sie konnte in dem Gedränge kaum ihren Kopf drehen, um zu erkennen, wer das hinter ihr überhaupt war. Vermutlich erkannte kein einziger anderer Fahrgast, was hier überhaupt gerade geschah. Etwas zu sagen und die allgemeine Aufmerksamkeit zu erregen, wäre für sie aber erst recht unklug gewesen.

Die Finger des Unbekannten tasteten und spielten immer noch zwischen ihren Beinen herum. Offenbar wussten sie genau, wonach sie zu suchen hatten.

Unwillkürlich entfuhr Fox ein Stöhnen.

Sie konnte es selbst kaum glauben, dass sie in ihrer Lage fähig war, körperliche Lust zu empfinden. Möglicherweise lag es an letzten Resten dieses Aponat X, das noch in ihrem System am Wirken war.

Jedenfalls schien der Typ hinter ihr Fox' Stöhnen als Bestätigung zu empfinden, wenn nicht als Einladung. Sein Fingern wurde immer fordernder, immer dreister.

Fox' Atem ging schwer, und das Herz hämmerte ihr in der Brust. Sie war fassungslos. Sie stand mitten in einer U-Bahn wie schon zahllose Male zuvor, nur war diesmal nur wenige Meter jemand entfernt, der sie umlegen wollte, und gleichzeitig fingerte sie ein Unbekannter umstandslos von hinten auf einen Höhepunkt zu. Sie keuchte.

Bei der nächsten Station kam der Zug zum Halt. Zischend öffneten sich die Türen. Bewegung kam in die Menge um sie herum. Fox nutzte die

Gelegenheit, um sich von dem Fummler zu lösen, ließ sich einen halben Meter in Richtung Ausgang treiben, blieb aber im Abteil. Neue Leute strömten herein. Fox konnte im Gewühl einen Blick auf Dirk Bankert erhaschen. Er sah sie nicht, wirkte unsicher, blieb nah an der Tür, spähte aber konzentriert auf den Bahnsteig hinaus.

Endlich schien jeder Fahrgast seinen Platz im Wagon gefunden zu haben. Über die Lautsprecher ertönte die Aufforderung, bitte von den Gleisen zurückzubleiben.

Fox wartete noch eine Sekunde, dann sprang sie nach draußen.

Bankert reagierte augenblicklich und stürzte ebenfalls zur Tür.

Diese schloss sich dicht vor seinem Gesicht. In einer Grimasse des Zorns fletschte er die Zähne.

Fox stand draußen auf dem Bahnsteig. Noch immer schwitzend und zitternd sah sie den Zug mit ihrem wütenden Verfolger davonbrausen.

Großes ***FOX*** – G E W I N N S P I E L

Für alle Leser!

Drei Bücher von Cagliostro, Sabrina Schneider oder Arne Hoffmann nach Wahl zu gewinnen

Möchten Sie sich aus den Werken dieser Autoren ein Gratis-Set von drei Büchern Ihrer Wahl zusammenstellen? Sie brauchen dazu nicht mehr als Ihre Kreativität und können so auf einem von zwei Wegen ins Ziel kommen.

AUFGABE 1: ***Coin Your Own Show.*** Auf den Seiten dieses Buches werden zahlreiche Gameshows vorgestellt, wie sie im Obscenity-TV des Jahres 2012 vermutlich gang und gäbe sein werden. Wir haben unsere perversesten geistigen Ressourcen strapaziert, aber vermutlich ist selbst das dem Publikum im nächsten Jahrzehnt noch nicht genug. Deshalb suchen wir nach einer neuen Show-Idee und würden gerne Vorschläge von Ihnen, unseren Lesern, sammeln. Die beste(n) dieser Ideen wird/werden von uns in die nächste Auflage dieses Buches integriert – und da dieses Buch per Printing-on-Demand hergestellt wird, ist es bis zu dieser nächsten Auflage vermutlich nicht ewig hin. Wenn Sie möchten, kann Ihr Name oder ein von Ihnen gewählter Nick ebenfalls als Erfinder dieser Show in unserem Buch abgedruckt werden.

AUFGABE 2: *Hype the Trash.* Erstellen Sie für dieses Buch eine Rezension für Amazon.de, die so abgespacet, hysterisch, extrem und originell sein soll wie möglich. Sie können dabei gerne satirisch werden oder die Rolle eines Lesers annehmen, die mit ihrer Persönlichkeit gar nichts zu tun hat (stellen Sie sich beispielsweise vor, wie ein Universitätsprofessor, eine Moderatorin oder ein betrunkener Piratenkapitän dieses Buch besprechen würden). Gewertet werden allerdings nur Buchkritiken, die Amazon tatsächlich auf seiner Website darstellt, und deren Rezensionsregeln sind mitunter recht streng. *Wie* Sie dieses Buch dabei bewerten, bleibt allein Ihre Angelegenheit: Sie können ebenso gut behaupten, dass Sie sich bei der bloßen Erinnerung daran spontan übergeben müssen, wie Sie phantasieren können, dass sich allein für dieses Werk die Erfindung des Buchdrucks mit beweglichen Lettern ausgezahlt habe. Die einfallsreichsten Rezensionen werden wir auf dem Backcover einer der nächsten Auflagen zitieren, und diejenige, die uns *davon* am besten gefällt, wird das erwähnte Bücherset gewinnen. Dafür sollten Sie allerdings durch Angabe einer Mailadresse oder ähnliches dafür sorgen, dass Ihre Rezension Ihrer Person eindeutig zuzuordnen ist.

Also lassen Sie sich etwas einfallen, spielen Sie mit! Die Erfahrung zeigt, dass die Beteiligung an dieser Art von Wettbewerb nicht sehr groß ist. Das bedeutet für Sie im Umkehrschluss, dass Sie Ihre Chance zu gewinnen alles andere als gering einschätzen sollten. Es genügt eine einfache Einsendung per Mail an den Marterpfahl-Verlag.

Weitere Honorierungen außer dem Gewinn erfolgen nicht, der Rechtsweg ist ausgeschlossen.

Das Beste aus der »Balla-Balla-Show« vom 23.7.2012:

Was ist blau und schwarz und hasst Sex?
Ein Vergewaltigungsopfer.

Warum ist Analsex besser als normaler Sex?
Es ist wärmer, es ist enger, und es ist entwürdigender für die Frau.

Was macht man, nachdem man ein taubstummes Mädchen vergewaltigt hat?
Man bricht ihm die Finger, damit es keinem davon erzählen kann.

Woher weiß eine Saarländerin, dass ihre Tochter die Periode hat?
Sie schmeckt das Blut auf dem Penis ihres Sohnes.

Was ist rot und klettert an einem Bein hoch?
Abtreibung mit Heimweh.

Was ist über dreißig Zentimeter lang und bringt eine Frau die ganze Nacht zum Schreien?
Plötzlicher Kindstod.

Wie kastriert man einen Saarländer?
Man gibt seiner Tochter einen Kinnhaken.

Was ist zwanzig Meter lang und riecht nach Pisse?
Polonaise im Altenheim.

Das Gesamtvermögen der 137 Dollar-Milliardäre auf dieser Erde entspricht ziemlich genau dem der 45 ärmsten Staaten dieser Welt. Mehr als vier Milliarden der Weltbevölkerung leben von weniger als zwei US-Dollar pro Tag. Jährlich sterben etwa 17 Millionen Kinder an leicht heilbaren Krankheiten. Ein Drittel der Menschen auf der südlichen Erdhalbkugel wird das vierzigste Lebensjahr nicht erreichen. 250 Millionen Kinder in der Dritten Welt sind zur Sklavenarbeit für internationale Konzerne gezwungen, weil sie nur so das Überleben ihrer Familien sichern können. In der Europäischen Union leben 50 Millionen Menschen in Armut, 5 Millionen sind obdachlos. In den USA leiden 30 Millionen Menschen an Unterernährung.

Meine Prinzipien: Bei allen Aufträgen bemühe ich mich besonders um eine partnerschaftliche und flexible Zusammenarbeit mit meinen Klienten. Ich möchte gerade auf **Ihre** speziellen Bedürfnisse und Vorstellungen soweit wie nur irgend möglich eingehen, auch in außergewöhnlichen Fällen.

Nähere Informationen finden Sie auf meiner Website www.Lektoratsbuero-Hoffmann.de. Sollten Sie dann immer noch Fragen haben, bin ich für Sie von dort aus per Mail jederzeit zu erreichen – oder Sie rufen mich unter der angegebenen Nummer einfach an!

Mein Angebot: Vielleicht können Sie selbst nicht genau einschätzen, ob Sie wirklich einen guten Lektor brauchen, oder Sie sind skeptisch, ob meine Arbeit Ihr Geld wert ist. In diesem Fall bin ich gerne bereit, die ersten Seiten Ihres Manuskriptes zu einem supergünstigen Spezialtarif zu lektorieren, so dass Sie sich ohne jedes Risiko einen eigenen Eindruck verschaffen können. Auch hierzu finden Sie nähere Infos auf meiner Website. Klicken Sie doch einfach mal rein.

Ich würde mich freuen, von Ihnen zu hören!

aus: »ITV-4U. Ihre individuelle Internet-Programmzeitschrift« vom 3.8.2012:

Queen 4 a Day// King 4 a Day

PANORAMA VISIONARIES knüpft nahtlos an seine Erfolgsserie aus dem letzten Jahr an

Mit Bravour setzt diese Serie unter der Moderation von Sonja Zietlow ihr ebenso simples wie bewährtes Konzept fort: Es gibt acht männliche und weibliche Kandidaten, von denen jeder einen hohen finanziellen Einsatz zu setzen hat, den er nicht zurückerhält, wenn er sich dazu entscheidet, während des Spiels auszusteigen. Dann treten alle acht in mehreren psychologisch ausgetüftelten Spielen auf eine Weise gegeneinander an, die geeignet ist, Aggressionen und Hassgefühle zwischen ihnen zu schüren (Kritiker sprachen davon, **PV** würde sie »gegeneinander aufhetzen«), aber auch Gefühle tiefer Verbundenheit zueinander entstehen zu lassen. Die Gewinnerin bzw. der Gewinner sämtlicher Spiele wird zur Queen respektive zum King für das folgende Wochenende gekrönt, das er oder sie mit seinen bzw. ihren einstigen Gegnern als Sklaven in einer luxuriösen Villa verbringen darf. (Das ist der Moment, wo einige der unterlegenen Kandidaten gerne aussteigen würden…) Diese Sklavendienste haben in den bisherigen Shows bereits die unterschiedlichsten Formen angenommen, von Massagen über private Strip-Shows und Züchtigungen bis zum Fahren in einer von einem zweibeinigen Pony gezogenen Rikscha. Auf weitere kreative Einfälle der siegreichen Kandidaten darf man sich jetzt schon freuen…

PANORAMA VISIONARIES: Unterhaltung für Menschen, die so was brauchen ;-)

:-) Das Matching dieser Show mit Ihren individuellen Vorlieben beträgt 90 Prozent :-)

Fox hatte die Hände wie zum Beten zusammengelegt und sah mit flehendem Blick in die Höhe.

Das kalte, gerillte Pflaster der Fußgängerzone bohrte sich in ihre Knie.

Die Passanten eilten an ihr vorbei und taten so, als würdigten sie sie kaum eines Blickes.

Tatsächlich war Fox sehr klar, wie sehr sie in dieser demütig knienden Stellung mitten in der Fußgängerzone das Zentrum der allgemeinen Aufmerksamkeit war. Noch nie zuvor hatte man sie aus so vielen Augenwinkeln zugleich betrachtet.

Der Hunger wühlte sich geradezu schmerzhaft durch ihren Magen.

Ihre bettelnden Lippen bewegten sich fast unablässig, aber die Scham raubte ihr die Kraft, die Worte mit angemessener Lautstärke über ihre Lippen kommen zu lassen. Nur wer wirklich sehr dicht an ihr vorbeistreifte, vielleicht stehenblieb und sich zu ihr herunterbeugte, konnte es vernehmen, das flehentliche »Bitte, gnädiger Herr, bitte, meine Dame, haben Sie nicht etwas zu essen für mich oder ein Bett für die Nacht, ich tue auch alles… würde auch sehr viel dafür tun.«

Und dabei glänzte es in ihren Augen, so dass so mancher Passant, je nach seinem Naturell, zwischen Mitleid und Geilheit hin- und hergerissen sein musste.

Ein unrasierter junger Mann in einer schmuddeligen Jeansjacke kam auf sie zu. In seiner Hand hielt er eine Tüte Pommes frites. Er blieb vor Fox stehen, zog einen der Kartoffelstreifen hervor und ließ ihn dicht über ihrem Kopf herunterbaumeln. Das Betteln in ihrem Blick wurde noch eindringlicher. Sie legte den Kopf in den Nacken und öffnete ihren Mund, so weit sie konnte. Der Typ ließ sie ein paar Sekunden so verharren, machte sich über sie lustig, dann ließ er den Streifen fallen. Fox kaute und schluckte.

Dieses Spiel wiederholte sich einige Male und wurde dann von Fox' Fütterer insofern abgewandelt, als er die Pommes frites auf den Boden neben ihr fallen ließ und ihr befahl, sie von dort aufzunehmen, ohne den Gebrauch ihrer Hände, wie ein Hund. Fügsam gehorchte sie.

Mittlerweile hatte sich eine kleine Traube von Leuten um sie gebildet. Sie beobachteten die Szene schon etwas offensichtlicher, waren aber immer noch darum bemüht, Abstand zu halten.

Endlich war die Tüte leer. Der Typ in der Jeansjacke knüllte sie zusammen und ging. Fox stellte fest, dass sie Durst hatte.

Dicht neben ihren bloßen Füßen klatschte Taubendreck auf das Pflaster.

Nicht weit entfernt sah sie eine kleine Gruppe Obdachloser unter einer Linde sitzen und eine Bierflasche herumkreisen lassen. Einer von ihnen hob die Flasche und prostete damit in ihre Richtung

Fox kroch über das Pflaster auf die Männer zu. Sie ließ die Bierflasche nicht aus den Augen.

Die Kerle lachten, als sie das Mädchen auf sich zukrabbeln sahen. Sie begannen sich darüber zu unterhalten, ob man ihr etwas von dem Bier abgeben sollte und wenn ja, zu welchem Preis, oder ob man ihren Durst nicht auf andere Weise stillen sollte.

Das Beste aus der »Balla-Balla-Show« vom 12.8.2012:
(zu Gast: Guido Westerwelle)

Was hat vier Beine und einen Arm?
Kampfhund auf einem Spielplatz.

Was ist schwarz und hat 23 Titten?
Die Mülltonne hinter einer Krebsklinik.

Was benutzt ein Elefant als Vibrator?
Einen Epileptiker.

Wie nennt man einen Äthiopier, der unter einem Baum sitzt?
Dünger.

Was ist so klasse daran, wenn eine Äthiopierin einem einen bläst?
Man weiß, dass sie schlucken wird!

Wie nennt man eine Äthiopierin mit einer Scheideninfektion?
Viertelpfünder mit Käse.

Warum erfand Gott überhaupt Scheideninfektionen?
Damit Frauen wenigstens ab und zu wissen, wie es ist, mit einer wirklich nervenden Fotze leben zu müssen.

Was sagt ein Saarländer nach dem Sex?
Danke, Mutti.

Drei verschiedene US-amerikanische Studien ermittelten in den achtziger Jahren einen Frauenanteil bei Missbrauchstätern, der zwischen 72 und 82 Prozent lag. Auch eine Studie aus dem Jahr 1990 weist auf mehr weibliche als männliche Täter beim sexuellen Missbrauch hin. Der Anteil von Jungen unter den Missbrauchsopfern dürfte der Pressestelle der deutschen Ärzteschaft zufolge etwa 40 Prozent betragen. Hilfsgruppen wie »Wildwasser«, die ausschließlich weiblichen Opfern beistehen, erhalten staatliche Gelder, Gruppen wie »Zartbitter« hingegen nicht, weil sie auch Jungen beraten. Die staatliche Unterstützung für Missbrauchsopfer wird in den Bundesländern nämlich vor allem über die Gleichstellungsstelle gefördert.

Außenstehenden, der sich z. B. als Journalist einen raschen Überblick verschaffen möchte, aber auch und erst recht für so manchen »alten Hasen«. Denn die SM-Subkultur umfasst dermaßen viele glitzernde Facetten, dass die wenigsten sich auf allen Gebieten gleichermaßen auskennen werden. Das »Lexikon des Sadomasochismus« ist ein Grundlagenwerk, das die kleinen und großen Geheimnisse dieser faszinierenden Subkultur jedem problemlos zugänglich macht.

Zu den knapp 1000 Stichwörtern gehören: Praktiken im Zusammenhang mit Sadomasochismus und Fetischismus (z. B. Abbinden, Fisting, Cyber-Domination, Elektrostimulation, Kliniksex, Retifismus, sensorische Deprivation, Mindfuck); die dazugehörigen Instrumente (Bandeisen, Black Snake, Keuschheitsgürtel, Pervertibles, Storch, Wooden Pony); SM-relevante Publikationen unterschiedlichster Art (SCHLAGZEILEN, BIZARRE LADIES SUCHEN, Trierer Studie, Die Geschichte der O, Frühlings Erwachen); Persönlichkeiten aus der Kulturgeschichte des Sadomasochismus (Leopold von Sacher-Masoch, Friedrich Nietzsche, Guido Crepax, Alexis Payne); Termini aus dem philosophisch-geistesgeschichtlichen Überbau des Sadomasochismus (Gnostizismus, Decadence, Postmoderne, Konsensethik, Selbstreferentialität); sadomasochistische Fachtermini (Auffangen, Blümchensex, Safeword, Dresscode, Munch, 24/7); Begriffe aus der Debatte um die Zensur von Erotika (Alice Schwarzer, NoPorNO, Bundesprüfstelle für jugendgefährdende Schriften, Snuff); Persönlichkeiten des Mainstreams, die im Bereich SM und Fetischismus publikumswirksam in Erscheinung getreten sind (Die Ärzte, Aristoteles, Luci van Org, Helmut Newton, Elfriede Jelinek, Pier Paolo Pasolini); typische Einrichtungen der deutschen und internationalen SM-Szene (Datenschlag, AG S/MÖff, Folsom Street Fair, Other World Kingdom, Society of Janus); nicht-SM-spezifische Bereiche, die aber für Sadomasochisten eine besondere Bedeutung haben (AIDS, Einsamkeit, romantische Liebe, Bibel, Carotis-Sinus-Reflex, Diskriminierung, Spiritualität). Besonders umfangreiche, mehrere Seiten lange Artikel gibt es zu den Stichwörtern »Sexualwissenschaft«, »Frauenbewegung«, »Gewaltpornographie« und »Ponygirls«. Quasi nebenbei werden zentrale Fragen diskutiert: Was ist »normal«, was ist »pervers«, was darf man, was sollte man bleiben lassen? Zahlreiche Literaturtipps und Internet-Adressen zu den einzelnen Stichwörtern runden das Buch ab.

»Beste Information, professionell und sachlich zusammengestellt und aufbereitet, zeichnet den Autor, der bisher mit SM-Romanen Erfolg erzielte, auch als Szenekenner und klugen Kopf aus. ... Wichtig: Trotz anspruchsvoller Aufbereitung der vielfältigen Themen ist dieses Lexikon keine Ansammlung trockener Fakten geworden. Jeder, ob Interessierter, Einsteiger oder langjähriger SMer, wird diesen Band gerne etappenweise lesen und somit in einen Genuss kommen, den nur wenige Lexika vermitteln können.« (Rezension der SM-Website »Lustschmerz«)

»Wer mehr über Praktiken, Hilfsmittel, Literatur etc. wissen will, ist mit diesem Nachschlagewerk, das außerdem zahlreiche Literaturtipps und Internetlinks bietet, bestens bedient. Autor Arne Hoffmann ist Insider und weiß, wovon er spricht. Das kommt seinem einfühlsamen Stil zugute, der auf Verbal-Erotik und peinliche Zoten verzichtet.« (TIPP, Berliner Stadtmagazin)

Kaufen – lesen – mitreden können

aus: »ITV-4U. Ihre individuelle Internet-Programmzeitschrift« vom 30.8.2012:

Bestraf mich!

Mindfuck - Television does it again!!

Dieses Format knüpft an klassische Exhibitionismus-Shows wie »Verzeih mir!« an, die viele von uns noch aus ihrer Kindheit kennen, aber es treibt deren psychologisches Konzept auf eine neue Spitze. Auch hier stehen Personen im Mittelpunkt, die sich an einem ihrer Mitmenschen vergangen haben und glauben, ihre Schuld nur noch durch eine öffentliche Buße wieder von ihren Schultern wuchten zu können. Sie wollen also tätige Reue demonstrieren, indem sie eine bestimmte Aufgabe erfüllen. Hier schlägt nun der Sender mehrere psychologisch auf den Bußfertigen abgestimmte Aufgaben vor, aus denen dann derjenige eine auswählen darf, dem die Entschuldigung gelten soll. In früheren Sendungen mussten die reuigen Männer und Frauen beispielsweise als »Opfer« in einem SM-Video teilnehmen; wildfremden Passanten in der Fußgängerzone die Stiefel ablecken; in nuttiger Aufmachung oder mit einem T-Shirt mit der Aufschrift »Nenn mich Fickfrosch!« in ihrem alltäglichen Umfeld auftreten oder nur mit Clogs und einer bis zum Hals reichenden Schürze in einer Mensa kellnern. Medienpsychologen erklären den großen Erfolg dieser Sendung unter anderem damit, dass der jeweilige Büßer nach Art des klassischen Sündenbocks stellvertretend auch die Schuld vieler Zuschauer abträgt.

M*ind*f*uc*k - Television: Psycho Killers R us

:-) Das Matching dieser Show mit Ihren individuellen Vorlieben beträgt 91 Prozent :-)

Wohin die Fahrt nur ging? Balbeck, der offenbar immer noch neben ihr saß, schwieg.

Vorsichtig versuchte Fox, die hinter ihrem Rücken gefesselten Arme zu bewegen, aber die Handschellen saßen sehr eng und ließen ihr keinerlei Spiel. Genauso wenig gelang es ihr, unter ihrer Augenbinde hervorzulugen. So war alles, was sie von der Welt um sie herum mitbekam, das Polster des Sitzes unter ihrem nackten Schoß und das dunkle Brummen des Motors.

Plötzlich hielt der Wagen.

»Time to say good bye, mein blinder Engel«, flüsterte Balbeck. Fox spürte, wie sich sein Körper dicht an ihrem entlangschob. Noch immer trug sie ihr Shirt so, wie er es ihr hochgerollt hatte: lediglich um den Hals. Von den Brüsten abwärts war sie nackt. Jetzt hörte sie, wie die Tür zu ihrer Rechten geöffnet wurde.

»Was…?« fragte sie irritiert und mit zitternder Stimme.

Aber da hatte Balbeck sie bereits am Arm gepackt und nach draußen gestoßen. Unsanft, halb stolpernd, halb fallend, gelangte Fox so nach draußen – auf den Bürgersteig, vermutete sie. Urplötzlich schlug ihr Herz bis zum Hals.

»Was tun sie da?« rief sie aus. »Sie können doch nicht…«

Als Antwort erhielt sie lediglich das schmatzende Zuschlagen der Tür. Dann brauste der Wagen davon.

Fox stand in völliger Finsternis auf dem Trottoir. Während sie selbst nicht das geringste bisschen sehen konnte, war ihr eigener Körper jeglichem fremden Blick ganz und gar ausgesetzt. Sie konnte ja nicht einmal die Hände vor ihre Blößen schlagen!

Unwillkürlich krümmte und kauerte sie sich dort, wo sie stand, zusammen. Noch immer hämmerte ihr Herz. Jeden Augenblick rechnete sie mit den ersten Bemerkungen von umstehenden oder vorüberziehenden Passanten.

Diese blieben allerdings aus.

Nach einigen Sekunden der Ewigkeit wurde Fox klar, wie wenig sie über den Ort wusste, an dem sie aus dem Wagen geworfen worden war. Möglicherweise handelte es sich ja gar nicht um einen Bürgersteig, sondern beispielsweise einen etwas abgelegeneren Parkplatz, auf dem sie da so kauerte. Dasselbe galt für die Stunde: War es früher Morgen, später Vormittag oder bereits Abend? Das einzige, was sie wirklich wusste, war, dass sie sich jedem Vorübergehenden als leichte Beute geradezu anbot.

Ihr Fuß begann zu tasten. Schmutzig war es hier. Vorsichtig bewegte sie sich ein wenig zur Seite. Ja, da gab es eine plötzliche Senke. Das wiederum machte die Theorie von dem Bürgersteig wahrscheinlich. Meter für Meter arbeitete sie sich nach vorne. Jetzt ertasteten ihre Zehen etwas aus Metall. Ein Gitter. Ein Abfluss für die Kanalisation.

Nicht weit entfernt hörte sie einen Automotor lauter und dann wieder leiser werden

Also gut, überlegte sie, und sie zwang sich, klar zu denken. Man hatte sie hier an einer Straße ausgesetzt, die zumindest im Moment kaum befahren war. Dasselbe galt für die Straßen in der Nähe.

Fox tapste nun Schritt für Schritt in die andere Richtung. Bald stieß sie gegen eine Hausmauer. Sie machte sich daran, ihre Schläfe daran zu schaben, um so die Binde von ihren Augen zu entfernen.

Es gelang ihr nicht. Balbeck musste beim Zuknoten ganze Arbeit geleistet haben. Aber immerhin schaffte sie es, wenigstens einen winzigen

Spalt Freiraum herauszuarbeiten. Mit etwas Anstrengung konnte sie ihre Brüste sehen und, wenn sie sich vorbeugte, ihre Zehen. Dass ihre Sicht insgesamt aber immer noch so hundsmiserabel war, konnte nicht allein an der Binde liegen. Sondern auch daran, dass es dunkel war. Nacht.

Was natürlich auch erklärte, warum es so ruhig war um sie herum.

Zumindest das also hatte sie herausgefunden: Sie befand sich so gut wie nackt, mit hinter dem Rücken gefesselten Armen und einem Tuch um die Augen zu nächtlicher Stunde auf irgendeinem Bürgersteig in der Stadt.

Und was sollte sie jetzt tun?

Zaghaft setzte sie sich in Bewegung. Sie wusste selbst nicht warum. Sie hatte ja nicht einmal auch nur eine Ahnung, wohin sie in diesem Zustand unterwegs war. Alles, was sie wusste, war, dass sie so nicht bleiben konnte.

Aber was blieb ihr übrig?

So tappte sie durch die Straßen.

Nach einigen Minuten hörte sie zu ihrer Linken gedämpften Lärm, als ob sich dort ein Ort befände, an dem mehrere Menschen zusammensaßen und miteinander sprachen, stritten und lachten. Eine Kneipe vielleicht.

Dicht vor ihr wurde der Lärm für einen Moment lauter. Fox schreckte zusammen. Dann ging der Geräuschpegel zurück. Offenbar war eine Tür geöffnet und wieder geschlossen worden.

Jetzt hörte Fox Schritte.

Sie kamen in ihre Richtung.

Dann sprach er sie an.

»Watt? Wer bist DU denn?«

Ihr stieg das Blut in die Wangen.

Jetzt hörte sie ihn leise in sich hineinlachen.

»Du bist doch das geile Stück aus dem Internet! Das bist du doch?«

»Bitte…«, sagte sie mit allem Flehen, das sie in ihre Stimme hineinlegen konnte. »Helfen Sie mir?«

Wieder dieses Lachen.

»Klar«, sagte er. »Dir werde ich helfen.«

Dann packte er sie am Arm, schleppte sie mit sich in die nächste, noch dunklere Seitengasse, warf sie dort zu Boden, befahl ihr, sich auf den Rücken zu drehen und die Beine zu spreizen, zog seinen Gürtel aus der Schlaufe und schlug zu. Wieder und wieder und wieder. Fox wimmerte. Als sein Arm müde wurde, knöpfte er seine Hose auf und machte sich über sie her.

Schließlich ließ er sie, immer noch auf dem Rücken und mit wehrlos gespreizten Beinen, in der Gasse liegen und ging davon.

Es dauerte einige Minuten, bis Fox sich zitternd beiseite rollte und ihren Körper gegen die nächste Wand presste.

Sie hatte einen Krampf in den Schenkeln.

Ihr Atem ging japsend, und das Blut pochte in ihren Schläfen wie ein Hammer.

Wieder hörte sie, wie nicht weit entfernt die Kneipentür geöffnet wurde. Eine Gruppe junger Männer machte sich angeheitert auf den Weg nach Hause.

Mühsam stemmte sich Fox auf die zitternden Beine.

Sie konnte doch unmöglich dermaßen weiter durch die Stadt stolpern, um sich von jedem missbrauchen und unter den Nagel reißen zu lassen, dessen Weg sie kreuzte.

Nein, sie brauchte Hilfe, und zwar sofort.

Sie musste all ihren Mut sammeln und es einfach wagen.

Augenblicke später drückte sie mit dem Ellbogen die Klinke zu der Kneipentür herunter, schaffte es mit etwas Mühe, sie aufzuziehen. Dann torkelte sie hinein in das warme Gebäude, hinein in den Lärm.

Dieser legte sich von einer Sekunde zur anderen, als Fox in die Wirtsstube taumelte.

Stille um sie herum. Sie stand da, noch immer blind, und drehte sich mal in die eine Richtung, dann in die andere.

Und dann brandete das Stimmengewirr schlagartig wieder empor. Sätze flogen durch die Luft, überschlugen sich, einige lachten, andere riefen. Überraschung mischte sich mit Gier und Geilheit mit Spott und Hohn. Bevor es sich Fox versah, schlang jemand einen Arm um ihre Hüfte und zog sie zu sich heran. Der Lautstärke der Stimmen nach zu urteilen musste sie direkt in einer Gruppe von Leuten gelandet sein. Das war das letzte, was sie begriff, bevor sie von den Beinen gerissen wurde und das Holz eines Tisches unter ihren Schultern spürte. Jemand griff nach ihrem Fuß.

Sabrina Schneider:

Ausbildung zur perfekten Domina Ein Lehrbuch

Hier ist die Welt, die Mann und Frau einst trennte, noch in Ordnung: 160 endgeile Seiten erklären alles über Themen wie Spanking, Fesseln, Fußarbeit, Schwanz- und Eierfesselungen, Peitschen, Cross-Dressing, Leibeigenschaft, öffentliche Demütigungen, Hundedressur, Gehirnwäsche und Fernerziehung. Zahlreiche Psycho-Tipps zum dominanten Auftreten, Ratschläge für die verantwortungsbewusste Sklavenhaltung und ein Script für eine mögliche Session machen dies Buch zu einem unentbehrlichen Ratgeber für dominante Frauen, aber auch für devote Männer. Mit zahlreichen Schwarz-Weiß-Fotos.

Das SM-Magazin »Club Caprice« (Kastley Verlag) urteilt: *»Lesenswert, weil die Autorin Sabrina Schneider ihr Handwerk wirklich versteht und überdies ihr Wissen in kurzweiliger, lässiger Weise rüberbringt.«*

Ferry Masters rezensiert das Buch folgendermaßen: *»Sabrina Schneider beschreibt sehr eindrucksvoll, wie sie mit ihrem Sklaven umgeht, und gibt anhand von Beispielen den vielen SM-Einsteigerinnen eine Menge Tipps. Was Sabrina auszeichnet, sind ihre ungeheuren Phantasien. Das Buch zeichnet sich durch eigene Gedankengänge, Informationen und einen gewissen Unterhaltungswert aus. Anregungen und Tipps sind für die Privatdomina in Hülle und Fülle vorhanden, so dass es für diesen Leserkreis sicher den Titel Lehrbuch verdient. SMler, Profidominas und lesefreudige Sklaven finden hier sicherlich auch verschiedene sehr reizvolle Stellen, die ihre Phantasie beflügeln und anregen. Damit würde das Buch bereits seinen Zweck erfüllen und den Kauf als richtige Entscheidung einstufen!«*

SABRINA SCHNEIDER – ihr seid für sie geboren!

Ein Nachfolgeband ist wegen des großen Erfolges geplant.

Der Antirassistischen Initiative Berlin zufolge starben zwischen 1993 und 2000 volle 239 Flüchtlinge durch staatliche Maßnahmen der Bundesrepublik Deutschland. Im selben Zeitraum seien hingegen 64 Flüchtlinge infolge rassistischer Übergriffe ums Leben gekommen. Bezeichnenderweise gibt es zu den Taten rechtsextremistischer Mörder ein großes Medien-Echo, die höhere Zahl von Leichen, die auf das Konto der deutschen Politik gehen, wird hingegen weitgehend ignoriert. Im genannten Zeitraum starben 119 Flüchtlinge bei dem Versuch, nach Deutschland zu gelangen, allein 89 von ihnen an den deutschen Ostgrenzen. 92 Flüchtlinge brachten sich wegen einer drohenden Abschiebung um oder kamen durch Polizeigewalt ums Leben. 159 Flüchtlinge wurden durch Misshandlungen während ihrer Abschiebungen verletzt, 5 Flüchtlinge kamen infolgedessen zu Tode. Mindestens 13 Flüchtlinge wurden in ihrem Herkunftsland ermordet – nicht eingerechnet sind all jene, die »spurlos verschwanden«. 310 Flüchtlinge verletzten sich aus Furcht vor Abschiebung selbst oder versuchten sich selbst zu töten. Die Antirassistische Initiative wies ebenfalls darauf hin, dass Ende 2000 ein britisches Gericht Deutschland als »kein sicheres Land« bezeichnet hatte, nachdem dort Flüchtlingen bei ihrer Abschiebung Gefahr für Leib und Leben drohte. Zur deutschen Wirklichkeit äußerte sich schon 1995 das CDU-Mitglied Major a. D. Siegfried Westermann: »Ein Jahr habe ich als Anhörer gearbeitet. Mein Glaube an die Rechtsstaatlichkeit ist nach dieser Zeit erschüttert. (…) Die rechtlich vorgeschriebene Einzelfallprüfung ist eine Farce… Ein Entscheider berichtete mir stolz, dass er in einem Jahr 500 Fälle erledigt hätte. (…) Mich packt das Entsetzen. In einigen Jahren werden wir wieder Grund haben, uns zu schämen.« Von Abschiebeminister Schily gibt es zu den Zahlen der Toten keine Stellungnahme.

Das Beste aus der »Balla-Balla-Show« vom 7.9.2012:

Parkt so ein Kerl seinen Mercedes neben einem kleinen Jungen. Er öffnet die Türe, hält eine Tüte mit Bonbons 'raus und sagt: »He Kleiner, wenn ich dir was zum Naschen gebe, kommst du dann in mein Auto?« Antwortet der Junge: »Verdammt noch mal, geben Sie mir die Tüte, und ich komme in Ihren Mund!«

Ein kleines Mädchen bettelt auf der Straße. Da kommt ein Mann vorbei, und das Mädchen murmelt: »Bitte, mein Herr, geben Sie mir etwas Geld für einen Schuss.« - »Liebe Güte, wie alt bist du denn, meine Kleine?« - »Acht, mein Herr.« - »Und wie lange fixt du schon?« - »Seit ich vergewaltigt wurde, als ich vier war.« - »Mit vier! Und wer hat dich vergewaltigt?« - »Daran kann ich mich nicht erinnern. Ich war besoffen.«

Feuchtfröhlicher Abend in einer Bar. Einer der Gäste ist voll bis zum Rand, und wann immer er sich hinstellen will, kippt er vornüber. Der Wirt findet seine Adresse in seiner Brieftasche und bittet zwei andere, nicht ganz so volle Gäste, ihn nach Hause zu bringen. Die nehmen ihn in zwischen sich und haken ihn unter, aber trotzdem fliegt der Typ bei jedem Schritt auf die Fresse. Endlich erreichen sie sein Zuhause, es brennt Licht, sie klingeln. Eine Frau im Bademantel öffnet die Tür. »Guten Abend, entschuldigen Sie die späte Störung, hier ist Ihr Mann.« – »Mein Mann, schön und gut, und wo zur Hölle ist sein Rollstuhl?«

Ruft ein Kerl morgens früh seinen Chef an und sagt: »Ich komme heute später, ich bin krank. Ich komme einfach nicht aus dem Bett.« – »Also gut«, sagt sein Chef. Um elf trudelt der Kerl dann endlich an seinem Arbeitsplatz ein. »He, Sie sehen ja eigentlich putzmunter aus, wo haben Sie so lange gesteckt?« – »Na, ich hab meine Tochter gefickt.« – »Wie bitte, Sie haben Verkehr mit Ihrer Tochter?« – »Ja, klar, ich hab doch gesagt, ich bin krank.«

Nach schier endlos langer Zeit drang wieder Licht in die Dunkelheit, als die Kellertür geöffnet wurde.

Fox, die trotz der schmerzenden Fesseln ein wenig auf ihrem Stuhl eingedämmert war, blickte irritiert in die Höhe.

Das grelle Deckenlicht flammte auf. Geblendet kniff Fox wieder die Augen zusammen.

So umgab sie für einige Sekunden relative Dunkelheit und Stille.

Dann hatte die eintretende Person ihr Sprachvermögen wiedergefunden. Ihrer Stimme indes hörte man immer noch an, wie sehr sie um Fassung rang.

»Das glaube ich einfach nicht!!«

Angestrengt zwinkernd öffnete Fox die Augen.

Vor ihr stand ein junges, blondes Mädchen. Sie mochte vielleicht 17 Jahre alt sein.

»Wer zum Teufel bist du??«

»Um-um-ummm«, stöhnte Fox in ihren Knebel.

Die Blonde stellte sich breitbeinig vor ihr auf und stemmte die Fäuste in die Seiten. »Das ist doch wirklich nicht zu fassen! Jetzt lässt Daddy seine Flittchen schon bei uns im Haus übernachten.«

Fox versuchte verzweifelt, die hinter ihrem Rücken gefesselten Hände zu bewegen. Einige Stellen schmerzten noch, in anderen schienen haufenweise Ameisenvölker elektrisiert zu werden, wieder andere fühlten sich bereits taub an. Die Stricke saßen unerbittlich fest.

»Hast du eigentlich überhaupt eine Vorstellung, was du anrichtest – mit meiner Mutter, mit der Ehe meiner Eltern… und mit mir?«

»Rrrungunghh!« erwiderte Fox.

»Schlampe!« Die Blonde spuckte ihr ins Gesicht. »Na, macht es dir immer noch Spaß? Mit meinem Alten coole SM-Spiele zu veranstalten hast du bestimmt für eine echt geile Idee gehalten! Aber dass er dich alleine hier zurücklässt, war ja wohl ein bisschen arg gewagt, nicht? Hält der uns für blöd oder was? Der Kerl hat einfach keinen Funken Respekt!«

Fox glotzte sie nur noch schweigend an. Der Speichel rann ihr die Wange herab.

Die Blonde trat auf sie zu und riss ihr mit einer unwirschen Handbewegung den Knebel aus dem Mund. »Also gut, was hast du dazu zu sagen, du Miststück?«

Fox Mund war so ausgetrocknet, dass sie zunächst Schwierigkeiten hatte zu sprechen. »Ich… ich kann doch nichts dafür…« stammelte sie hervor.

»Hey!« unterbrach sie das Mädchen. »Hey! Das gibt's doch nicht! Das ist ja schrill! Jetzt erkenn ich dich erst. Du bist doch die Schlampe aus dieser Web-Show, oder?«

Fox nickte ergeben.

»Scheiße. Kannst du eigentlich nix anderes mit deinem Leben anstellen, als wildfremde Familien kaputtzumachen, nur damit du nachher die Wahnsinnskohle dafür abzockst? Verdammter Fuck, ich sollte dir einfach dein gottverfluchtes Shirt hier« – sie packte es am Saum und hielt ihn in die Höhe – »ich sollte es dir einfach mitten durchschneiden, dann kannst du sehen, wie deine weitere Tour durch die Stadt aussehen wird!«

»Nein!« schrie Fox auf. »Nicht das Shirt! Das ist alles, was ich noch… das kannst du nicht bringen! Es tut mir ja wirklich alles so leid, ehrlich, und ich verschwinde auch sofort…«

»Hier muss doch irgendwo noch eine Schere rumliegen?« Noch immer mit dem Hemdsaum in der Hand sah sich die Blonde suchend im Keller um.

»Tu das nicht!« protestierte Fox von neuem. »Bitte bitte bitte nicht! Ich tu auch alles, was du willst!«

Ein diabolisches Glitzern trat in die Augen ihres neuen Quälgeistes. »Echt? Alles?«

»J-ja…« stotterte Fox unsicher hervor.

»Hm.« Das Mädchen überlegte. »Das ist eigentlich gar keine so dumme Idee. Mit deiner Hilfe könnte ich's meinem Alten endlich mal so richtig heimzahlen. Dieser Schuft! Meine Mutter bringt das Geld nach Hause, und er fickt in der Gegend rum. Tja, was könnte ich denn mit dir anstellen?«

Fox sah sie unterwürfig von unten her an.

»Lass mich nachdenken. Ich könnte dich natürlich einfach hier sitzenlassen und meine Mutter anrufen, damit sie nach Hause kommt. Aber eigentlich ist es ihr längst klar, dass er sie betrügt. Dich zu sehen würde sie nur noch zusätzlich verletzen.« Sie ließ das Hemd los und begann, im Keller herumzuspazieren. »Besser wäre es, wenn sie irgendeinen Beweis hätte, damit sie sich von dem Scheißkerl scheiden lassen kann und er vor Gericht keine Zicken macht. Aber eine Trennung will sie ja eh nicht, die doofe Kuh. Selbst zum Erpressen wäre sie zu treuherzig.«

Fox saß einfach nur da und konnte nichts anderes tun, als den Wortschwall über sich ergehen zu lassen, während ihre Arme vor Schmerzen rasten. Sie hoffte inständig, dass die Kleine sich bald beruhigte und sich bereit erklären würde, ihr die Fesseln ein wenig zu lockern.

»Aber ich bin da ganz anders.« Das Mädchen blieb dicht vor Fox stehen, ergriff ihr Kinn und blickte ihr tief in die Augen. »Was hältst du davon, Schlampe: Du bleibst so, wie du bist, aber wenn mein Alter heimkommt, um dich zu befreien, dann wirst du dich ihm anbieten, damit er es noch einmal mit dir treibt. Du wirst ihn aber dazu bringen, dass er es mit dir im Schlafzimmer macht, in seinem Ehebett. Das bringst du doch, oder? Ja, ich weiß, dass du das schaffst. Und ich werde mir die Vidcam schnappen und eindeutige Aufnahmen von der ganzen Aktion machen. Vielleicht lässt er sich ja sogar zu irgendwelchen Perversitäten hinreißen, dann ist er erst recht erledigt.« Sie lachte voller Vorfreude in sich hinein. »Und dann wird Daddy schön brav nach *meiner* Pfeife tanzen müssen, wenn er nicht will, dass ich ihn vor all seinen Freunden und Bekannten zum Arsch mache. Ja, das gefällt mir. Wollen wir doch mal sehen, ob wir ihn nicht doch noch zu ein *bisschen* mehr Respekt bringen können.«

Sie beugte sich zu Fox hinunter. »Na sag schon, Flittchen, was hältst du von dem Plan?«

aus: »ITV-4U. Ihre individuelle Internet-Programmzeitschrift« vom 9.10.2012:

Couples

DIE Psycho-Show mit Myra Sierenberg !!

»Unsere neue Show«, berichtet Produzent Jan van de Breukelen, »beruht auf einem so einfachen und für die Zuschauer zugleich so faszinierenden Konzept, dass ich mich mit Kollegen oft darüber gewundert habe, warum niemand von uns früher darauf gekommen ist.« Er könnte recht haben.

»Couples« ist, wie der Name schon sagt, eine Show für je drei (Liebes-)Paare, die sich zutrauen, dass ihre Partnerschaft gefestigt genug ist, um gewisse Belastungen zu überstehen. Wie man schon in der Probestaffel sehen durfte, kann man sich hier leicht überschätzen. Das Spiel beginnt mit einer klassischen Show in einer Halle mit einem großen Saalpublikum. Hier sind bestimmte Etappen zu überstehen und mehrere ein wenig perfide Aufgaben zu bewältigen. Beispiele aus der Probestaffel:

- ER wird halb entkleidet, dann gefesselt und von professionellen, höchst attraktiven Damen kunstvoll gestreichelt, während seine Partnerin ihm dabei zusehen muss. Er darf dabei nicht zum Orgasmus kommen. Wenn er das lange genug durchhält, gewinnt das Paar gemeinsam eine bestimmte Summe.
- SIE darf IHN auspeitschen. Jeder Schlag, den sie ihm verpasst, erhöht die Gewinnsumme des Paares.

- ER hat IHR die Zehennägel zu lackieren, wobei er aber seine Hände nicht benutzen darf, sondern den Pinsel mit dem Nagellack lediglich mit dem Mund führen darf. Je nachdem, wie geschickt er sich dabei anstellt, wird die Gewinnsumme des Paars per Saalabstimmung festgelegt.
- Die gegnerischen Paare bekommen die Aufgabe, jeweils den männlichen Partner eines festgelegten anderen Paares mit Hilfe eines Kostümfundus möglichst lächerlich auszustaffieren. Dieser muss dann in einer vorher bestimmten Spielszene versuchen, in dieser Aufmachung »um die Hand seiner Partnerin anzuhalten« bzw. ihr Begehren zu wecken. Die Gewinnsumme richtet sich nach der demütigendsten Verkleidung und der beeindruckendsten Selbsterniedrigung in der gespielten Szene.
- Die drei Männer sämtlicher Paare haben wechselweise alle drei Frauen zu massieren. Dabei haben alle sechs Kandidaten die Augen verbunden. Danach äußert sich jeder dazu, welchen Masseur bzw. welche Zu-Massierende er bzw. sie am sinnlichsten empfand, und danach wird die Gewinnsumme verteilt.

Bis hierhin handelt es sich um eine fast prototypische Humiliation-Show. Ihr Erfolgsgeheimnis steckt demnach auch weniger in diesen durchaus unterhaltsamen Spielrunden und der sarkastisch-frechen Moderation von Show-Neuentdeckung Myra Sierenberg, sondern zum einen in der im Anschluss daran stattfindenden Talk-Show, in der jeder Kandidat über die während des Spiels bei ihm ausgelösten Gefühle zu berichten hat. Auch hier wird die weitestgehende Selbstoffenbarung vom Publikum prämiert. Zum anderen liegt der Trick von »Couples« aber darin, dass nicht sämtliche Spielrunden an einem einzigen Abend abgehandelt werden, sondern sich in der Art eines Turniers über einen längeren Zeitraum erstrecken. Zwischen den einzelnen Spielen wird auch der Beziehungsalltag jedes Paares per Webcam und inquisitorischen Reportern des Senders beleuchtet. Und tatsächlich konnte dabei beobachtet werden, dass mit zunehmendem »Härtegrad« des Spieles seine sadomasochistische Komponente mehr und mehr in die einzelnen Partner hineinsickerte. Beispielsweise begann eine Kandidatin nach und nach jede Achtung vor ihrem Partner zu verlieren, eine andere entwickelte aggressive Gefühle gegen ihn, eine wieder andere unterzog seine Massagetechnik einem für ihn wenig schmeichelhaften Vergleich mit der Technik seines Konkurrenten. Es bildete sich ein psychologisches Gefälle zwischen beiden Partnern heraus, und aus einer gleichberechtigten Partnerschaft wurde eine Beziehung, in der SIE den dominanten und ER den devoten Teil einnahm. »In den folgenden Staffeln«, versprach Jan van de Breukelen, »werden wir mehr darauf achten, dass auch eine weibliche Kandidatin in die devote Rolle gedrängt werden kann. Das war uns anfangs noch zu heiß.« Jetzt aber, da das Spiel und die ihm zugrundeliegende SM-Dynamik von der Zielgruppe akzeptiert worden sei, könne man in mehrfacher Hinsicht noch einige Gänge höher schalten…

doTTeeVee – Laune machen, Grenzen sprengen

:-) Das Matching dieser Show mit Ihren individuellen Vorlieben beträgt 94 Prozent :-)

Russland will sich ethisch-moralisch zunehmend an US-amerikanischen Werten orientieren, insbesondere an denen des neugewählten Präsidenten George W. Bush, der stolz darauf ist, von 114 Gnadengesuchen vor Hinrichtungen 114 abgelehnt zu haben. Premierminister Primakow droht Mördern mit der »physischen Vernichtung«, Generaloberst Kolesnikow befürwortet die Hinrichtung von »Untermenschen«. In den USA ist die auffallende Mehrheit der Todeskandidaten schwarz, sozial unterprivilegiert und männlich.

Das Beste aus der »Balla-Balla-Show« vom 28.10.2012:

Kommt 'ne Frau zum Arzt und beklagt sich, dass sie und ihr Mann kaum noch Sex miteinander hätten. Der Doktor gibt ihr eine Flasche Pillen und sagt, die soll sie ihm in seine Getränke mischen, dann würde sie schon zufrieden sein. Die Frau ist etwas ungläubig, tut aber abends eine von den Pillen in den Kaffee ihres Mannes. Danach gehen sie miteinander aus. Am nächsten Morgen mischt sie ihm zwei in den Kaffee. In der folgenden Nacht besorgt er es ihr nach Strich und Faden. Davon ist sie so begeistert, dass sie am nächsten Morgen denkt »Ach, was soll's!« und ihm die ganze Flasche in seinen Kaffee mischt.

Am nächsten Morgen ruft ihr Arzt bei ihr an, um sich nach ihren Fortschritten zu erkundigen. Ans Telefon geht aber ihr kleiner Sohn. Auf die Frage des Arztes erwidert er: »Mutti ist tot, meine Schwester ist schwanger, mein Arschloch tut weh, und Papa kniet nackt vorne auf dem Rasen und ruft: ›Hiiier, Miez, Miez!‹«

Was ist der Unterschied zwischen Akne und einem katholischen Priester?
Akne kommt nicht auf das Gesicht eines Kindes, bevor es 13 oder 14 ist.

Sind ein Mädchen und ein Junge im Kino und küssen sich leidenschaftlich. Als sie wieder nach Luft schnappen, sagt der Junge: »Hör zu, ich find diese Knutscherei wirklich klasse, aber macht es dir was aus, mir dabei nicht deinen Kaugummi rüberzuschieben?« Antwortet das Mädchen: »Ich hab gar keinen Kaugummi, ich hab Bronchitis.«

Ein Mann bringt seine Frau zum Arzt. Der ist noch etwas ratlos nach der ersten Untersuchung. »Tja, also ich würde sagen, es ist entweder Alzheimer oder AIDS. Schwer zu sagen, in der Anfangsphase ähneln sich die Symptome sehr.« – »Na toll!« erwidert der Mann. »Und was soll ich jetzt tun?« – "Hm, wirklich kniffig. Wissen Sie, was Sie machen: Sie fahren mit ihr weit hinaus aufs Land. Dort werfen Sie sie aus Ihrem Wagen und brausen davon. Wenn sie ihren Weg nach Hause findet: Nicht ficken.«

Fox wurde unsanft aus ihren Träumen zurückgeholt.

Zuerst, noch halb im Schlaf, war ihr noch nicht einmal so recht klar, wo sie sich überhaupt befand. Sie ruhte auf einer harten Unterlage, der Raum bewegte sich, und über ihr ragte senkrecht eine Haltestange hinauf zu der schmutziggrauen Decke, an der die kalte Neonbeleuchtung brannte. Sie rollte sich halb auf die Seite und wäre dabei fast von der Sitzbank der S-Bahn gefallen.

Gerade noch rechtzeitig hielt sie jemand fest. Es war ein ihr unbekannter, grinsender, dunkelhaariger Mann. Offenbar war er es auch, der sie an der Schulter gepackt und geweckt hatte.

»Hallo, was haben wir denn da?« Sein Gesicht befand sich dicht über dem ihren.

Fox versuchte, sich aufzurappeln und dabei ein wenig von ihm fortzubewegen, aber er ließ ihr wenig Raum.

»Du bist doch dieses kleine Füchschen, an dem sich jeder mal bedienen darf, wenn er möchte.«

»Mein Gott, ich bin gerade erst aufgewacht…« Sie spürte, wie gereizt sie war. Natürlich, das ging ihr immer so, wenn sie aus dem Schlaf gerissen wurde. Allerdings wusste sie auch, dass sie diese Gereiztheit besser niederkämpfen sollte. Zu lange hatte sie schon bei diesem perfiden Spiel mitgemacht, als dass es jetzt noch Sinn gemacht hätte, sich zu zieren.

»J-ja«, stieß sie mit trockenem Mund hervor. »Das bin ich.«

»Na, wusste ich's doch.« In der nächsten Sekunde hatte er sie am Handgelenk gepackt und zwang sie vor sich auf die Knie. Sie spürte den schmutzigen Boden des Abteils unter ihren Schenkeln.

»Du weißt, was du jetzt tun wirst?« fragte der Fremde.

Fox schaute zu ihm empor, halb demütig, halb mit verstecktem Trotz im Blick. »Ich kann es mir vorstellen.«

Er lachte. »Vielleicht ist es doch besser, wenn ich es dir ganz genau sage.«

Dann ließ er sie den Reißverschluss seiner Hose mit ihren Zähnen öffnen und seinen Schwanz befreien. Er schob ihn ihr in den Mund.

»Sprich mir nach!« sagte er:»Ich bin eine geile kleine Schwanzlutscherin.«

»Isch bin neine cheile leine Tschantschluscherin!« erwiderte sie, während sie lutschte und saugte.

»Weiter! Wiederholen, immer brav wiederholen!«

Das tat sie gefügig: »Isch bin neine cheile leine Tschantschluscherin, isch bin neine cheile leine Tschantschluscherin, isch bin neine cheile leine Tschantschluscherin...« Immer wieder und wieder, während er ihren Kopf gepackt hielt, seinen Prügel hineinstieß bis fast zum Rachen und dann wieder zurück und wieder hinein, um so ihr Gesicht zu ficken. Dass sie stammeln musste, während sie ihn befriedigte, ihre Stimmbänder vibrierten, ihre Zunge um Raum kämpfte und ihr Atem schwerer und schwerer ging, schien seine Erregung nicht unerheblich zu steigern.

Endlich spürte Fox, wie er dicht davor stand zu kommen. Und tatsächlich: In der nächsten Sekunde zog er seinen Schwanz ganz heraus, und schon spritzte er, entlud seine volle Ladung, über ihre Lippen, ihr Kinn, die Bigelow-Sensoren, ihr ganzes Gesicht.

Schließlich ergriff er eine Strähne ihres schulterlangen Haars und wischte sich damit die letzten Spermareste von seinem Schwanz.

»Das war verdammt noch mal nicht schlecht!« bekundete er. »Als ob du dein ganzes Leben lang nichts anderes gemacht hättest! Jetzt bist du an der Reihe! Hoch mit dir, du hübsches Tier!«

Damit zog er sie hoch, bis sie wieder auf ihren wackligen Beinen stand.

»Umdrehen!« herrschte ihr augenblicklicher Besitzer sie an.

Fox gehorchte. Er ließ sie sich umwenden zu den Fenstern, durch die das graue Licht des frühen Morgens fiel. Es war offenkundig kurz vor Sonnenaufgang. In der vor Dreck nur halb durchsichtigen Scheibe spiegelte sich ihr besudeltes Gesicht.

Aus dem Augenwinkel heraus nahm sie wahr, wie der Fremde zwei Bondage-Stripes hervorzog: lange, biegsame Plastikstreifen, mit denen man einen Menschen in Sekundenschnelle fesseln konnte. Das Vorteilhafte an ihnen war, dass sie leicht zu transportieren waren, zudem so gut wie nichts kosteten und daher quasi nach Gebrauch problemlos entsorgt werden konnten.

»Halt still.« Er fesselte ihre Hände an einen der waagrechten Haltegriffe, so dass sie jetzt leicht vornübergebeugt dastand, die Knie vor der Sitzbank, das Gesicht zum Fenster, ihren Hintern und ihre Muschi hinausgereckt in Richtung Gang. Ihr Shirt reichte ihr nicht einmal halb über die Pobacken.

Der Unbekannte griff ihr von hinten zwischen die Schenkel. »Sehr gut!« sagte er. »So will ich dich haben!«

Fox hatte ihre Gereiztheit immer noch nicht ganz im Griff. »Also los dann!« stieß sie hervor. »Worauf wartest du?« Das Sperma rann ihr die Wange herunter.

»Was meinst du?« hörte sie von hinter sich seine Stimme.

Sie biss die Zähne aufeinander.

Seine Hand schob sich unter ihr Shirt und strich ihren Rücken hinauf, dass sie eine Gänsehaut überrieselte. »Glaubst du, ich will dich von hinten durchknallen? Jetzt? Wo ich meinen Spaß gerade eben hatte?« Er lachte. »Nein, so schnell geht das bei mir auch wieder nicht. Ein bisschen dauert es schon, bis ich wieder hart werde. Vermutlich erst, wenn ich wieder zu Hause bin und meine Kleine vögele. Und ihr dabei von dir erzähle. Und wie du zu diesem Zeitpunkt vermutlich immer noch hier stehst, in dieser unglaublich obszönen Pose, und die Nacht wird zum Morgen, die ersten Frühaufsteher und Schichtarbeiter steigen zu, hier in diesen Wagen, wo du noch immer angebunden dastehst und ihnen deine Möse entgegenstreckst, so dass sich jeder problemlos bedienen kann. Vermutlich macht dich früher oder später schon jemand frei. Vielleicht stehst du aber noch hier, wenn auch all die anderen Leute zur Arbeit fahren, Männer und Frauen, und sich das Abteil hier immer mehr füllt. Daran werden wir denken, wenn wir ficken, meine Kleine und ich.« Er stutzte kurz und sprach dann weiter. »Da fällt mir ein, sie hat ja sogar Internet-Anschluss, meine kleine Fee. Da können wir dir ja sogar zusehen, wenn wir's miteinander treiben. Fast so, als wärest du dabei!«

Er lachte, trat zur Tür und ignorierte Fox' hilflose Proteste. Endlich hielt die Bahn ein weiteres Mal, und er trat hinaus. Fox blieb angebunden zurück.

Nachschlag gefällig?

Das CAGLIOSTRO-Lesebuch

Eine megacoole Zusammenstellung seiner besten und beliebtesten Kurzgeschichten, von Romanauszügen und Unveröffentlichtem – alles neu editiert und vom Autor selbst kommentiert. Dazu ein Beitrag zur Zensurdebatte in Deutschland und der Erstabdruck des Maskulistischen Manifestes: Literatur und Politik zum hautnahen Miterleben. Idealer Startpunkt für Neulinge, wertvolle Sammleredition für alle Hard-Core-Fans dieses ungewöhnlichen Schriftstellers.

»Was Cagliostro auszeichnet, ist nicht nur die außergewöhnlich große Bandbreite seiner wilden Sex-Träume, sondern auch sein Gespür für Sprache und sein Humor. Für alle, die Cagliostro sträflicherweise noch nicht kennen, bietet dieses Lesebuch einen guten Einstieg.« (VAMP)

»Für alle, die schon immer mehr über den begnadeten Autor Cagliostro wissen wollten, gibt es jetzt das Cagliostro-Lesebuch mit vergriffenen Texten und Romanauszügen, Leseproben und persönlichen Statements zur Entstehung der einzelnen Arbeiten und zum Hintergrund des Autors. Auch wenn es sicherlich Widerspruch gegen die ›Thesen‹ am Ende geben wird, so ändert das doch nichts an der Qualität der Texte. Ein echtes Lesevergnügen!« (SCHLAGZEILEN)

Weitgehend unbemerkt von den Medien verabschiedete die Parlamentarische Versammlung der Nato (ein von diesem Militärbündnis unabhängiges Gremium, das zwischen der Nato und den Parlamenten ihrer Mitgliedsstaaten als Bindeglied fungiert), einen Generalbericht, der, so die »Frankfurter Allgemeine« vom 15.12. 2000, eigentlich hätte einen Aufschrei verursachen müssen. In diesem Bericht nämlich wird erstmals das Versagen der westlichen Politiker im Kosovo-Krieg offiziell und unmissverständlich eingeräumt. Unter anderem weist der Bericht darauf hin, dass die humanitäre Notlage im ehemaligen Jugoslawien gezielt von der UCK erzeugt wurde, um das westliche Bündnis zu unterstützenden militärischen Aktionen zu bewegen. Die FAZ fasst zusammen: »Nach dem aktuellen Generalbericht und entgegen offiziellen Nato-Darstellungen, insbesondere vor dem Krieg, waren also nicht die Serben, sondern die UCK verantwortlich für die Konflikteskalation und die Erzeugung der Krise im Kosovo. Eine späte, eine zu späte Einsicht... Wer hätte sich auszumalen gewagt, dass deutsche Demokraten dazu beitragen, Menschenleben zu vernichten, ohne die Fakten und Daten wirklich zu kennen, und dafür noch Applaus bekommen von Journalisten, Philosophen, Dichtern, Juristen, Friedensforschern?«

Das Beste aus der »Balla-Balla-Show« vom 19.11.2012: (als Gast: Rudolf Scharping)

Ein Schotte und ein Jude essen in einem Restaurant. Nach dem herzhaften Mahl kommt die Kellnerin mit der Rechnung. Zur allgemeinen Verblüffung hört man den Schotten sagen: »Das geht auf mich!«
Am nächsten Morgen steht folgende Schlagzeile in der Zeitung: »JÜDISCHER BAUCHREDNER ERMORDET IN SACKGASSE GEFUNDEN!«

Jörg erhält einen Telefonanruf: »Hi, hier ist Gabi. Wir haben uns vor drei Monaten auf einer Party getroffen.« Jörg: »Hmmm... Gabi? Vor drei Monaten?« Gabi: »Ja, bei Christian. Nach der Party hast du mich in deinem Wagen nach Hause gebracht. wir haben irgendwo geparkt, sind auf dem Rücksitz gelandet, und du meintest, ich wäre ein klasse Kumpel.« Jörg: »Ach ja! Gabi!! Wie geht es dir?« Gabi: »Ich bin schwanger, und ich werde mich umbringen.« Jörg: »Echt – du BIST ein klasse Kumpel!«

Drei Frauen sitzen im Wartezimmer ihres Gynäkologen, und jede von ihnen strickt ein Jäckchen für das Baby, das sie erwartet. Die eine unterbricht sich dabei und wirft eine Pille ein. »Was war das denn?« fragen die beiden anderen. »Oh, das war Vitamin C – ich will doch, dass mein Baby gesund ist!« Einige Minuten später nimmt die zweite eine Pille zu sich. »Was war das?« fragen die beiden anderen. »Das war Eisen. Ich möchte doch, dass mein

Baby robust und kräftig wird!« Sie stricken weiter. Schließlich nimmt die dritte eine Pille. »Und was war das?« erkundigen sich die anderen beiden. »Das war Contergan. Ich krieg bei diesem verfluchten Jäckchen einfach die Ärmel nicht hin!«

Ein Junge geht zu seinem Vater und sagt: »Hey, Papa, weißt du, wie alt ich bin?«
»Äh... nein, keine Ahnung. Wie alt bist du?«
»Ich bin elf!«
Der Junge geht in die Küche, wo seine Großmutter hockt. »Oma, weißt du, wie alt ich bin?«
Sie sagt: »Komm näher!«
Dann öffnet sie den Reißverschluss von seiner Hose, greift ihm mit ihrem dünnen, fleckigen Arm in die Unterwäsche und betastet seine Genitalien. Nach einigen Minuten sagt sie: »Du bist elf.«
Er: »Wow, woher weißt du das?«
Sie: »Ich hab gehört, wie du's deinem Vater erzählt hast.«

»Sehr gut machst du das!« hörte Fox die von Spott triefende Stimme der hageren Frau über ihrem Kopf. Sie biss sich auf die Zunge und setzte ihre Arbeit stoisch fort.

Wenn ihr früher jemand prophezeit hätte, dass sie einmal einer solch überkandidelten Schnepfe auf Händen und Knien den Fußboden wienern würde – splitternackt bis auf das Halsband, das sie ihr umgelegt hatte – nur um etwas zu essen und Obdach zu erhalten, sie hätte ihn für verrückt erklärt. Aber jetzt befand sie sich in eben dieser absurden Zwangslage, musste jeder Anweisung gehorchen und dazu noch gute Miene zum bösen Spiel machen.

»Du scheinst für diese Arbeit wirklich wie geschaffen zu sein«, stichelte Renée weiter, während sie Fox über die Schulter blickte. »Ich frage mich, ob ich dich nicht am besten behalten soll.«

Fox tauchte wortlos den Lappen in den Eimer mit dem heißen Seifenwasser.

Vergnügt vor sich hin trällernd verschwand ihre neue Herrin im Nebenzimmer. Fox hörte, wie sie eine Nummer wählte und sich mit jemandem unterhielt, konnte aber kein Wort verstehen. Sie schrubbte und schrubbte. Ihr Magenknurren steigerte sich fast zu einem Brüllen empor, und der Hunger fraß geradezu schmerzhaft durch ihren Leib.

»Genug damit, mein kleiner Fickfrosch.« Renée war zurückgekehrt. »Du kannst das Wasser wegschütten.«

Fox gehorchte.

»Jetzt komm hier 'rüber!« Renée hatte auf ihrem Sofa Platz genommen, die dürren Beine übereinandergeschlagen. »AUF ALLEN VIEREN!« schnappte sie, als Fox zu ihr herübergehen wollte. »Was denkst du denn?« Renée lachte leise.

Fox krabbelte auf sie zu.

Renée streckte ihr den linken Fuß hin.

Fox zögerte nur einen kurzen Moment, dann machte sie sich daran, ihn abzuküssen und jede einzelne Zehe zu lecken.

»Brav machst du das«. Mit dem anderen Fuß spielte Renée versonnen in Fox' mittlerweile etwas verfilztem Haar. »Hast du eigentlich keinen Hunger, Schatz?«

»Doch, Herrin«, winselte Fox vom Fußboden empor. »Großen Hunger!«

»Dann möchtest du bestimmt, dass ich dir etwas zu essen gebe?«

»Ja, Herrin. Bitte!«

»Also dann.« Renée entzog Fox ihren Fuß, stand auf, packte ihre neue Lustsklavin am Halsband und zog sie so mit sich zu einem Schrank unter der Spüle. Von dort zog sie einen Eimer mit Küchenabfällen hervor.

»Man sagt ja, Hunger ist der beste Koch«, kommentierte sie maliziös.

Es kostete Fox einiges an Überwindung. Aber endlich gewann ihr knurrender Magen die Oberhand. Sie begann, in dem Eimer herumzuwühlen und nach etwas zu suchen, was noch essbar war. Kartoffelschalen,

Nahrungsreste vom Morgen oder vom Vortag. Übelkeit und Hunger rangen in ihr um die Vorherrschaft.

»Na siehst du.« Renées hämische Stimme in ihrem Ohr vervollständigte ihre Scham. Nackt, mit Halsband und auf Knien schlang sie gierig Küchenabfälle in sich hinein wie ein Tier.

Die Türklingel schrillte.

»Besuch!« rief Renée in gespielter Überraschung. »Hurtig, meine kleine Sklavin, auf die Beine und mach auf!« Sie entzog ihr den Eimer und verstaute ihn wieder unter der Spüle.

Fox sah sie verwirrt an.

»Na los!« Renée klatschte aufmunternd in die Hände.

Fox sah ein, dass ihr nichts anderes übrig blieb. Nackt, wie sie war, stand sie auf, tappte in den Flur und öffnete die Wohnungstür.

Im Treppenhaus stand ein Grüppchen von fünf jungen Kerlen. Ausgebeulte Hosen, Pickel, Sportschuhe – Fox schätzte ihr Alter zwischen 16 und 18 Jahren ein. Eine neue Welle der Scham überflutete sie. Die Kiddies starrten sie an.

»Ey, das ist doch die Alte aus dem Netz!« – »Voll krass, Mann!« – »Abgespacet!«

Fox zog sich in die Wohnung zurück, ließ die fünf durch die Tür strömen. Ihr Magen zog sich zusammen.

»Ah, ich sehe, ihr seid da«, hörte sie hinter sich Renée zwitschern. »Meine, das heißt: *unsere* neue Dienerin habt ihr ja schon kennengelernt. Sie wird uns bei unserer kleinen Party vorne und hinten bedienen und alles tun, was ihr von ihr möchtet.«

»Alles?« polterte einer und ließ seine feixenden Blicke über Fox' Körper wandern. Aber auch die anderen, die sie umringten, hielten ihre gierigen Augen kaum in Zaum.

»Es soll ein unvergesslicher Abend für euch werden!« verkündete Renée. »Ich kann mir vorstellen, dass ihr in eurem Alter ein bisschen… hm… zusätzliche Erfahrung ganz gut gebrauchen könntet. Und wie oft im Leben hat man schon mal die Gelegenheit, an so einem schnuckligen Objekt zu üben? Was meint ihr?«

»Geil!«, »Spitze!« und »Echt klasse!« gingen die Rufe durcheinander. Die Jungs streiften ihre Jacken ab und ließen sich von Fox ins Wohnzimmer führen.

Der Rest des Abends verschwamm für Fox in einem Nebel der Scham und der Demütigung. Renée hatte ihr mit Handschellen die Ellbogen so auf dem Rücken zusammengebunden, dass sie mit etwas Mühe zwar noch bedienen, ihre Blößen aber nicht mehr bedecken konnte. Immer wieder ermunterte Renée ihre jungen Gäste, Fox' Körper zu erforschen, erlaubte ihnen, dabei so grob zu sein, wie sie nur wollten. So wanderten die unerfahrenen Finger der Kiddies ungehindert überall hin, tatschten, tasteten, kitzelten und zwickten. Fox wand sich vor Pein. Renée ließ sie Bierdosen verteilen.

Ideologie und zeigt anhand von Hunderten einander stützenden Quellen aus der aktuellen Geschlechterforschung, wie es sich mit Adam und Eva tatsächlich verhält. Dabei widerlegt er auch die folgenden gern geglaubten Behauptungen:

- Kriege, Gewaltphantasien und Kriminalität sind typisch männlich.
- Eine Mutter ist für ein Kind wichtiger als ein Vater.
- Frauen werden in Politik und Beruf massiv diskriminiert.
- Die Doppelbelastung Beruf und Haushalt geht überwiegend zu Lasten der Frau.
- »Böse Mädchen« haben mehr Erfolg.
- Dass Männer sieben Jahre früher sterben, hat mit ihrer gesellschaftlichen Benachteiligung nichts zu tun.

»Männer haben bei Frauenthemen – und welche das sind, das bestimmen auch Frauen – kein Rederecht«, fasste die kritische Feministin Katharina Rutschky die Situation in den heutigen Medien zusammen. Insofern ist es bezeichnend, mit welchen Begründungen sich 80 der größten deutschen Verlage diesem Buch zu entziehen versuchten. Piper etwa lehnte es als »zu brisant« ab, Heyne als »zu polarisierend«. Eichborn vermeldete, dass ein Buch über populäre Irrtümer in der Geschlechterdebatte dort nur von weiblichen Autoren durchzusetzen sei. Dringende Themen wie etwa der erschreckend hohe Anteil von Täter***innen*** bei Delikten des sexuellen Missbrauchs oder der häuslichen Gewalt blieben der Öffentlichkeit so lange Zeit verborgen.

»Sind Frauen bessere Menschen?« bricht ein Schweigetabu nach dem anderen und bietet Leserin und Leser so zahlreiche Aha-Erlebnisse. Dank der reichhaltigen Quellenangaben aus Literatur und Internet kann jeder problemlos nachprüfen, wie fundiert die Aussagen dieses Buches sind. Damit eröffnet Arne Hoffmann eine völlig neue Debatte. Deren Fazit kann aber nur eines sein: Es darf nicht länger darum gehen, den Geschlechterkampf zu gewinnen, sondern darum, ihn zu beenden.

»Ich meine: ein mutiges, gelungenes Buch, welches den geneigten Lesern neue Sichtweisen und Denkansätze liefern kann. Hoffmann wirft alle festgefahrenen Konventionen über Bord, bis auf eine: den Respekt voreinander.«

»Das Buch enthält vor allem eine solche Fülle von Fakten, Argumenten und schönen Entmystifizierungen, dass es eigentlich ein Muss für jeden ist, dem die Männerrechte und die ideologiekritische Aufarbeitung des Feminismus am Herzen liegen.«

»Aus weltweit recherchierten wissenschaftlichen Forschungsergebnissen, polizeilichen Ermittlungsfakten und statistischem Material im Mix mit sachlich fundierten Literaturzitaten integrer Wissenschaftler bietet (das Buch) ein fulminantes Feuerwerk der Thesen und Argumente, dem man sich nicht entziehen kann. Nur scheinbar ist es ein Buch, das vor allem für Männer geschrieben wurde. Ich bin überzeugt, dass gerade Frauen es lesen sollten, denn es ist nicht im Sinne von klugen, lebensbejahenden und mit ihrer Weiblichkeit im Einklang lebenden Frauen, Jungen und Männer generell als die schlechtere Alternative der Schöpfung abzuwerten. Arne Hoffmann hat mit seinem Buch ›Sind Frauen bessere Menschen?‹ einen wertvollen Diskussionsbeitrag zur echten Gleichberechtigung geleistet.«

»Ohne Angst, als ›frauenfeindlich‹ oder ›politisch nicht korrekt‹ abgestempelt zu werden, bricht der Autor Tabus und deckt schonungslos bisher Verschwiegenes auf. Bestimmt kein Männerbuch oder gar eine Bibel zur Verwendung im Geschlechterkampf, sondern eher ein Buch, in dem Frauen rundum ernst genommen werden, also mit ihren positiven und negativen Seiten. Für eine wirklich emanzipierte Frau liest es sich herzerfrischend:

endlich mal kein ›Frauenversteher‹, sondern ein Mann, der es wagt, den Mund aufzumachen! Ein echter Hoffnungsschimmer im unseligen Geschlechterkampf...«

»Ein phantastisches Buch. Ein mutiges Buch. Brillant recherchiert und flüssig geschrieben, zeigt Arne Hoffmann die vielfältigen Mechanismen der Männerunterdrückung und gesellschaftlichen Ausgrenzung auf. Sicher das zur Zeit wichtigste Buch der Männerrechtsbewegung.«

»Das Buch ist sehr komplex und bestens recherchiert. Mit einer gekonnten Mischung aus Humor und untermauerten Behauptungen wird es frischen Wind in die z. T. verbiesterte, z. T. monoton gewordene Geschlechterdebatte wehen. Herr Hoffmann hält uns einen Spiegel vor die Nase, den wir (Frauen) ernst nehmen sollten.«

»Hoffmann entlarvt ungeheuer faktenreich die Denkblockaden, die der Feminismus der letzten dreißig Jahre hervorgerufen hat. Fast alles, was sich zum Thema Frauenbewegung im Laufe der Jahre als zementierte Wahrheiten im Bewusstsein abgesetzt hatte, zerbröselt. Der Stoff ist hochbrisant. Pflichtlektüre.«

»›Sind Frauen bessere Menschen?‹ deckt vieles auf, worüber man sonst nichts lesen kann. Es werden Mysterien gelüftet, Klischees zerschlagen und Tabus offen ausgesprochen. Arne Hoffmann zählt spätestens seit diesem Buch zur Speerspitze der Aufklärung in Deutschland.«

»Dass trotz dieser Verweis- und Faktenfülle das Buch sehr gut lesbar ist, liegt an der angenehmen Sprache, dem guten Fußnotensystem und nicht zuletzt dem Humor des Autors. Ich habe ›Sind Frauen bessere Menschen?‹ geradezu verschlungen und dabei, wie im Vorwort gewünscht, das eine oder andere Aha-Erlebnis gehabt. Ich kann das Buch nur empfehlen.«

»Ich halte dieses Buch für eine der ganz wichtigen Neuerscheinungen des Jahres 2001.«

»Ein Muss in der aktuellen Geschlechterdebatte!«

(Leserrezensionen für ciao.com und Amazon.de)

1999 gaben die USA fast 6000 Dokumente frei, die Gewalttaten belegen, die in Chile nach dem Putsch von General Pinochet stattfanden. Diesen Papieren zufolge waren der CIA unmittelbar nach dem Sturz Allendes Beweise für schwerste Verbrechen bekannt, die unter Pinochets Militärdiktatur stattfanden. Unter anderem wurden offenbar mehrere tausend Menschen getötet, worüber die USA voll informiert gewesen waren. Dies änderte jedoch nichts an ihrer Unterstützung für Pinochets Regime.

aus: »ITV-4U. Ihre individuelle Internet-Programmzeitschrift« vom 7.12.2012:

Programmkritik zu

Tonite's Torture Victim

Kalkulierter Tabubruch ist selbst heute noch möglich

von Peter Diesterweg

Ist es in unseren Tagen noch denkbar, sich der Flut von Obscenity-Shows nicht nur anzuschließen, nicht nur ein eigenes Gesicht dabei zu behalten, sondern diesem umstrittenen Sendekonzept sogar noch eins draufzusetzen? Der bislang weitgehend unbekannte Start-Up-Sender **OrgaSMania** versucht mit seinem neuen Spektakel genau dieses. Dabei gerät er für viele in die Gefahr, das ohnehin immer weiter gespannte Gummiband des guten Geschmacks endgültig zu überdehnen – oder vielleicht sogar zerreißen zu lassen. Dies allerdings hatte man vor gar nicht allzu langer Zeit schon jenen Pionieren des Obscenity-TVs vorgeworfen, die dieses Genre hierzulande überhaupt erst so erfolgreich gemacht haben.

Nachdem gestern abend die erste Show über die Monitore ging, kann der Zuschauer erstmals zu einem eigenen fundierten Urteil gelangen.

Folgendes spielte sich ab:

Im Mittelpunkt standen zwei Kandidatinnen: Simone Hertling, eine schlanke BWL-Studentin mit weißblonder, frecher Kurzhaarfrisur, und Angela Fiorentina, eine dunkelhaarige südländische Schönheit, die als Dolmetscherin tätig war. Simone und Angela, so erfuhren die Zuschauer, stritten sich um denselben Mann und waren offenbar damit einverstanden, diesen Konflikt mit der Hilfe eines massenmedial übertragenen Extrem-Spiels klären zu lassen. Man weiß ja nie: Wenn man sich vielleicht auch den Typ nicht krallen kann, so wird man auf diese Weise möglicherweise für eine RTL-Serie entdeckt. Sowohl die ITV-Zuschauer als auch das Saalpublikum erfuhren von dem Moderator Gert Breidenbach außerdem, dass das sexuelle Begehren der beiden Rivalinnen durch Aponat-X-Hormonpräparate angeregt worden war, oder, wie Breidenbach es zum Beginn der Sendung formulierte, »dass alle beide zu diesem Zeitpunkt schon so rappelgeil sein müssten, dass sie vermutlich Schwierigkeiten haben, die Griffel aus ihrem Schoß zu lassen.« Dass die Erregung der jungen Frauen kontinuierlich weiter stieg, konnte jeder Zuschauer über einen EEG-Bigelow-Sensor problemlos mitverfolgen.

In diesem Zustand wurden den beiden nacheinander vier verschiedene Aufgaben gestellt. Als erstes mussten sie in einem tückischen Ausdauertest gegeneinander auf Hometrainern radfahren. Der Trick dabei war, dass in jedem Radsattel ein Vibrator angebracht war, der elektrisch durch das Pedaletreten der jeweiligen Konkurrentin in Betrieb gesetzt und bei steigendem Tempo in seiner Wirkung verstärkt wurde. Gewinnen würde diejenige, der es als erstes gelang, ihre bereits aufgeheizte Gegnerin auf diese Weise zum Orgasmus zu bringen. Diese erste Runde konnte Angela klar für sich entscheiden. Es folgte ein in seiner Heimtücke ebenfalls nicht ganz zu unterschätzender Wissenstest. Hierbei hatten sich die Kandidatinnen in einer kamerafreien Zone vorab Elektroden an ihrer Klitoris anzubringen und dann in mehreren Kategorien den Schwierigkeitsgrad der Quizfragen festzulegen, dessen Bewältigung sie sich noch zutrauten. Das war eine knifflige Entscheidung: Ein hoher Schwierigkeitsgrad bedeutete bei richtiger Antwort eine hohe Punktzahl, bei einer falschen Antwort jedoch einen gleichermaßen starken Stromstoß in ein empfindliches Organ. Auch hier war es die nach ihrem öffentlichen Orgasmus bereits leicht aus dem Konzept gekommene Simone, die bei den ersten Fragen schon schusselte, dann durch den heftigen Schmerz sichtbar ins Schwitzen geriet, schließlich überhaupt nichts mehr auf die Reihe bekam und lediglich durch den erotisch nicht gänzlich reizlosen Anblick bestach, den sie zappelnd und sich windend in ihrer Fragekabine darbot. Angela währenddessen blieb souverän und konnte so auch diese Runde für sich verbuchen.

In einer nun folgenden kleinen Plauderei stellte Breidenbach seine beiden Kandidatinnen den Zuschauern näher vor. Während Simone erkennbar derangiert haspelte und stammelte, präsentierte sich Angela weiterhin als kühl, ruhig und überlegen. Für die dritte Runde, einen Geschicklichkeitstest, hatte Simone zwischen zwei verschiedenen Schwierigkeitsstufen auszuwählen und entschied sich, um Punkte gutzumachen, für die höhere. Dazu wurde sie in den nächsten Minuten im Scheinwerferlicht stehend mit mehreren Gläsern Sekt abgefüllt, dieweil Angela den leichteren Test ablegte: fünf Minuten Bullriding auf einem elektrischen Bullen, was sie mit Bravour bestand. Danach wurde Simone, bereits ziemlich beschwipst, ihrer Kleidung bis auf ihren Slip entledigt; ihre Füße jedoch wurden mit hohen Stöckelschuhen versehen. In diesem Zustand hatte sie die Aufgabe, im ebenfalls hörbar alkoholisierten Publikum nach verschiedenen Anhängern mit einem jeweiligen Punktewert zu suchen. Es war schon ein absonderliches Schauspiel, die junge Kandidatin durch die Reihen torkeln und schlingern zu sehen. Wenn immer sie stürzte, war dem Publikum gestattet, ihr wieder aufzuhelfen, wobei ein Körperkontakt auch in eher unerwünschten Körperregionen kaum ausbleiben durfte. Endlich kehrte Simone mit den Anhängern in der Hand und Schamesröte auf den Wangen auf die Bühne zurück, aber ihre Konkurrentin behielt ihren klaren Vorsprung bei.

Eine von der Sendeleitung ungeplante Peinlichkeit ergab sich nun, als die merklich angeheiterte Simone dem Moderator mitteilte, dass sie infolge des vielen Sektes eigentlich ganz dringend auf Toilette müsse. Breidenbach musste ihr leider mitteilen, dass das Sendekonzept zu diesem Zeitpunkt dafür absolut keine Gelegenheit ließ und würzte das Ganze mit einigen launigen Späßen, auf die das Publikum mit grölendem Gelächter reagierte. Simone presste die Lippen aufeinander und versuchte, gute Miene zum bösen Spiel zu machen. Angela betrachtete ihre einstige Rivalin inzwischen mit unverhohlener Verachtung. Es kam zur letzten Runde, einem »Härtetest«. Angela leistete sich einen mittelschweren Schwierigkeitsgrad, der verlangte, dass sie sich vor der johlenden Menge ausziehen sollte. Ihr gelang es jedoch, absolute Kontrolle über auch diese Situation zu gewinnen, indem sie einen atemberaubenden Strip hinlegte, bei dem selbst Breidenbach schlucken musste. Simone blieb nur noch, den höchsten Schwierigkeitsgrad zu wählen, um ihre Konkurrentin auszustechen. Zu diesem Zweck wurde ihr der Auftrag gegeben, auf den Knien und mit von Nils hinter dem Rücken gefesselten Händen in ihrer äußerst knappen Bekleidung zum rechten Bühnenrand zu krabbeln. Simone gehorchte, wurde aber immer langsamer, als von rechts ein prollig gekleideter Mann auf sie zukam, seine Hose öffnete und allen Ernstes seinen Schwanz herausholte. Simone stoppte, starrte ihn an und öffnete leicht die Lippen: ob vor Überraschung oder weil sie tatsächlich annahm, dass ihre Aufgabe nun darin liegen würde, ihn öffentlich oral zu befriedigen, wird dahingestellt bleiben müssen. In der nächsten Sekunde pisste der Kerl ihr direkt ins Gesicht, in dem sich, wie ein rascher Kamerazoom deutlich machte, eine Mischung aus Schreck, Scham und Ekel abzeichnete. In diesem Zustand durfte sie zurück zum Moderator kriechen, der ihr nun die Wahl ließ, ob sie für einen letzten Talk wieder ihr Kleid tragen wollte (was einen leichten Verlust von zehn Punkten bedeuten würde) oder so halbnackt bleiben wollte. Simone entschied sich in ihrer Scham trotz des Verlustes für ihr Kleid, worauf es Breidenbach der immer noch Gefesselten überstreifte (ohne sie vorher zu reinigen!), dabei aber so »unachtsam« war, dass er ihr immer noch die linke Brust heraushängen ließ. So war Simone endgültig der allgemeinen Lächerlichkeit preisgegeben.

Schließlich wurde von der Jury der endgültige Stand verkündet: Trotz Simones Einsatz in der letzten Runde siegte Angela mit fünf Punkten Vorsprung und gewann so 25 Peitschenschläge, die sie ihrer Rivalin öffentlich auf den Rücken erteilen durfte – woraufhin sie auch sofort zur Tat schritt. (Offenbar hatte Simone diesem Wetteinsatz zugestimmt, weil sie ursprünglich gehofft hatte, diese Schläge Angela verabreichen zu dürfen). Aber schon nach 15 Schlägen war Simone so am Ende und begann derart um Gnade zu flehen, dass Angela sie mit den restlichen Hieben unter der Bedingung verschonte, dass diese ihr vor dem Publikum die Stiefel küsste. Nachdem Simone diese letzte Demütigung vollzog, wurde abschließend der Mann auf die Bühne geholt, um den dieser Wettkampf eigentlich gegangen war und der auch unabhängig von dessen Ausgang keine großen Schwierigkeiten mehr hatte, sich zwischen den beiden Frauen zu entscheiden.

Soweit der Ablauf der Show, die vermutlich wieder zu zahlreichen Diskussionen Anlass geben wird. Sicher: Wir sahen bereits in »Wünsch dir was« in den Sechzigern Familientöchter auf der Bühne ihre Brüste präsentieren. Wir erlebten die ersten Demütigungen und Vorführungen von Kandidaten schon bei Mike Krüger und Peer Augustinski in den Achtzigern. Bei »Big Brother« durfte man Studentinnen beim Kotzen zusehen oder miterleben, wie sich eine Hotelleiterin unter Hypnose in ein grunzendes

Schwein verwandelte. Das Obscenity-TV des neuen Jahrtausends setzte noch einmal neue Maßstäbe. Nils Breidenbach stellt von seinem Sadismusquotienten her eine gelungene Mischung aus Stefan Raab, Ruud van Rijngraetje und Kai Pflaume dar, die ja sämtlich ebenfalls für den Job des Moderators dieser Show im Gespräch waren. Und doch fragt man sich immer wieder: Gehen die Medien diesmal nicht endgültig zu weit? Welcher Schritt kommt als nächstes? Wie weit lässt sich die Eskalationsstufe noch ausreizen? Wird man in vierzig Jahren über unsere Bedenken von heute nur den Kopf schütteln, weil schon viel härtere Dinge zum Alltagsprogramm gehören? Ist es wirklich der Erfolg einer Sendung und die Freiwilligkeit ihrer Teilnehmer, die darüber bestimmen, was erlaubt ist und was nicht? **»Tonite's Torture Victim«** bringt die alten, unbeantworteten Fragen erneut aufs Tapet. Das Hauptproblem scheint mir indes zu sein, ob sich für die Antworten, die man darauf mit einigem Nachdenken finden könnte, überhaupt noch jemand interessiert. Denn die Einschaltquoten für diese Shows sind enorm. Offenbar braucht es nichts weiter als den kalkulierten Bruch immer weiter von uns rückender Tabus, um bei den Massen anzukommen. Stil oder Substanz – benötigt die irgend jemand?

OrgaSMania – We Dare to Be Different
Come and Join Us!

:-) Das Matching dieser Show mit Ihren individuellen Vorlieben beträgt 95 Prozent :-)

Fox wurde auf die Knie gezwungen. Der schwarzhaarige Biker trat hinter sie und nahm ihren Nacken fest in den Griff. Der Blonde trat auf sie zu. Er holte seinen Schwanz heraus und befahl ihr anzufangen. Während der Biker sie nach vorne stieß, drückte ihr der Blonde die Nasenflügel zusammen, so dass sie ihren Mund öffnen musste, als sie nach Luft schnappte. Dann schob er seinen halb erigierten Schwanz zwischen ihre Lippen. Der Biker bewegte ihren Kopf vor und zurück, vor und zurück. Die Spitze des Schwanzes stieß ihr gegen den Rachen, und sie musste würgen. »Ihr fehlt es noch etwas an Erfahrung!« sagte der Blonde. Die Männer lachten. »Ich glaube nicht«, entgegnete der Biker. »Schau sie dir doch an, wie gierig sie lutscht!« Jetzt ergriff der Blonde ihren Hinterkopf und fickte ihr Gesicht eigenhändig. In Fox Ohren hallte das Geräusch ihrer Stirn, wie sie gegen seinen Bauch klatschte, und ihr Grunzen, wenn immer sein Schwanz ihren Nacken erreichte. Als er kam, erstickte sie fast. Er presste ihre Nase gegen seinen Wanst, während er sich in sie ergoss, und sein Sperma schoss ihr aus den Mundwinkeln heraus und aus ihrer Nase. Es besudelte ihre Lippen und ihr Kinn, rann ihren Hals herunter, tropfte auf ihr Shirt. Als der Blonde endlich seinen Schwanz wieder herauszog, hustete und würgte sie noch immer Sperma hervor.

Zwei der anderen hielten sie fest, während sich einige weitere Männer ihrer Kleidung entledigten. Sie wurde rücklings und mit gespreizten Beinen auf den Tisch geworfen. Vier Männer packten ihre Hand- und Fußgelenke. Geblendet vom Deckenlicht schloss sie die Augen. Es war der Biker, der als erstes über sie drüberstieg. Er zwang ihr die Schenkel auseinander, sein langer, harter Prügel drang mit einem heftigen Stoß in sie ein. Fox schrie und bäumte sich unter ihm auf. Er genoss ihren Widerstand und hatte keine Mühe, sich darüber hinwegzusetzen. Gleichzeitig machten sich die anderen Männer daran, sie am ganzen Körper zu zwicken, zu stupsen, zu reiben, zu küssen und zu lecken. Sie saugten an ihren Titten, ließen ihre Hände über die samtige Haut ihrer Beine gleiten und pressten mit ihren schmutzigen Fingern ihre Nippel. Jemand legte ihr die Hand über den Mund und erstickte so ihre schrillen Schreie. Dann wurde sie wieder emporgerissen, jemand schob ihre Hinternbacken auseinander und presste dort etwas hinein, während ihr zwei weitere Schwänze gegen die Wangen schlugen. Jemand ergoss sich, und sie lag jetzt in einer Lache aus Sperma.

Fox, deren Mund jetzt wieder frei war, versuchte stammelnd zu verhandeln, aber sie hatte keine Chance. »Das waren zwei«, schallte ihr die Antwort entgegen. »Du hast immer noch neun von uns vor dir!« Und so fügte sie sich.

Einer war jetzt von hinten in sie eingedrungen, einer von vorne. Ein dritter bemächtigte sich erneut ihres Mundes. Fox war ganz und gar ausgefüllt. Sie fickten sie gleichzeitig. Ihre Hände wurden zu zwei anderen Schwänzen geführt, schlossen sich willenlos darum und begannen, sich auf und ab zu bewegen. Zwei weitere Männer rieben ihre Eicheln an Fox Brüsten. Der Kerl in ihrem Mund ergoss sich, und sie schluckte, er zog sich zurück, aber sie hatte die Lippen noch nicht wieder geschlossen, da schob sich schon der Nächste in sie hinein. Er war dicker. Wenig später ejakulierte der Kerl, der in ihrem Hintern steckte, und auch dieser wurde gewechselt.

Wieder strömte Sperma über ihr Gesicht, überall hin, verklebte ihr die Augen, durchtränkte ihr Haar. Einer nach dem anderen stieg über sie, fickte sie, und kurz bevor er kam, zog er sich zurück, kniete über ihr und ergoss sich über ihr Gesicht und ihre Brüste und wischte dann seinen Schwanz an ihrem Kopf ab. Bald war ihr gesamter Oberkörper mit Sperma überflutet. Es rann ihr die Wangen herab und in die Ohren. Sie konnte ihre Augen nicht mehr öffnen. Sie musste durch den Mund atmen, weil irgendjemand sogar direkt in ihre Nase gespritzt hatte. Ihr rotes Haar war verfilzt vor langsam trocknendem Saft.

Das Beste aus der »Balla-Balla-Show« vom 22.12.2012:

Nachdem er ein Vermögen verloren hat, beschließt ein Hamburger Börsenbroker, seine letzten fünfzig Mark in einem Bordell loszuwerden. Er geht also rein und wendet sich sofort an die Puffmutter, was er dafür denn bekäme. Die schaut ihn lange und zweifelnd an, dann schickt sie ihn hoch in den ersten Stock, die letzte Tür hinten links. Er geht also hoch in diesen Raum. Zu seiner Überraschung wie zu seinem Vergnügen sieht er eine wunderhübsche Blondine nackt auf dem Bett liegen. Also reißt er sich die Kleider vom Leib, stürzt sich auf sie und fängt an loszurammeln wie ein Karnickel. Aber als er kommt, stellt er fest, wie so ein merkwürdiges Zeug unter ihren Augen hervorquillt. Er rennt also runter und erzählt das hektisch der Puffmutter. Die wendet sich um und brüllt: »Hey, Charlie! Die Tote ist schon wieder voll!«

Der 88-jährige Alfons und die 82-jährige Mildred sind sich in ihrem Altenheim schon sehr nahe gekommen. Obwohl sie keinen Sex miteinander hatten, kam Mildred jeden Abend mit auf Alfons' Zimmer, und während sie zusammen fernsahen, lagen sie miteinander im Bett, und sie hielt seine Genitalien. Eines Abends kommt Mildred hoch auf Alfons Zimmer und findet Edith, eine andere Bewohnerin des Heimes, in seinem Bett: beim Fernsehen und sie mit ihrer Hand um seine Genitalien. »Alfons!« ruft Mildred entsetzt. »Ist sie hübscher als ich?« – »Nein«, erwidert Alfons. »Hat sie einen besseren Charakter?« – »Durchaus nicht, nein.« – »Aber was ist es dann, was Edith hat und ich nicht??« – Alfons strahlt: »Parkinson!«

Sitzt ein junges Pärchen im Kino. Sagt das Mädchen: »Ich muss pissen. Lässt du mich mal durch, bitte?« Er: »Das ist echt eng hier. Warum hockst du dich nicht runter und machst es da? Dann musst du nicht all die Leute stören. Außerdem ist es dunkel, da sieht es eh keiner.« – »Okay«, sagt sie, zieht die Hosen runter und geht in die Hocke. Ihr Freund wird auf einmal geil bei dem Gedanken, wie sie neben ihm kauert und pisst, also streckt er seine Hand aus und greift nach ihr. Dabei ertastet er etwas Langes und Hartes und fragt reichlich verwirrt: »Uurgh! Hattest du eine Geschlechtsumwandlung?« – »Nee. Um ehrlich zu sein, ich musste nicht nur pissen.«

Es ist Weihnachten. Die beiden Söhne dürfen die Geschenke auspacken. Fritzchen kriegt viel mehr Geschenke als Hänschen. Sagt Fritzchen: »Kann es sein, dass unsere Eltern mich viel lieber haben dich?« Hänschen antwortet: »Kann es sein, dass du Krebs hast?«

Weihnachten im Irrenhaus. Kommt der Weihnachtsmann und sagt zu den Insassen: »Wer mir ein kurzes Gedicht aufsagt, bekommt ein kleines Geschenk. Wer ein langes Gedicht aufsagt, bekommt ein großes Geschenk.« Kommt der Erste an und stammelt: »Hhelelmmaam...« Sagt der Weihnachtsmann: »Und wer mich verarscht, kriegt gar nichts!«

UNICEF zufolge sterben im Irak täglich 250 Menschen an den Folgen des gnadenlosen Wirtschaftsembargos. Das sind seit 1990 etwa zehn Schulklassen pro Tag. Die Sterblichkeitsrate von Kindern hat sich seitdem versechsfacht. Der Mitarbeiter des UN-Welternährungsprogramms Dr. Hannusch erklärte nach einem Besuch im Irak 1999, die Zahl der Sanktionsopfer dort entspräche dem »stillen Äquivalent zu zehn Hiroshima-Bomben«. Allein im November 2000 kostete der Mangel an Medikamenten 10.000 Menschen in der irakischen Bevölkerung das Leben.

III

»Where are your troubles now? Forgotten. I told you so. We have no troubles here. Here life is beautiful...«

Joel Grey als Conférencier in
»Cabaret«, während auf den Straßen
die Nationalsozialisten wüteten

»Bereits heute ist das, was in manchen deutschen TV-Shows mit Kandidaten passiert, ein Fall für amnesty international.«

Rudi Carell 1994

Es war ein angenehm erfrischender Vorabend im Frühsommer. Victor schlenderte durch die Straßen der Stadt und breitete seine Seele aus. Voller Achtsamkeit sog er die Ruhe des zu Ende gehenden Tages in sich ein. In den Bäumen zwitscherten noch die Vögel. Die ersten Autos hatten ihr Abblendlicht eingeschaltet. Von einem Spielplatz in der Nähe war das Lachen und Rufen von Kindern zu hören. Vor ihm, nicht weit entfernt, torkelte ein nur mit einem T-Shirt bekleidetes, sehr übernächtigt aussehendes Mädchen auf ihn zu. Als es ihn bis auf einige Meter fast erreicht hatte, sank es vor ihm auf die Knie.

»Bitte…« sagte es.

Victor starrte fassungslos auf die Fremde herab.

Sie legte ihren Kopf in den Nacken und schaute mit ihren dunklen Augen flehend zu ihm empor. »Bitte«, sagte sie von neuem. »Ich brauche was zu essen. Und ’nen Platz, wo ich wenigstens für ein paar Stunden schlafen kann. Können Sie mir helfen? Sie können mich danach auch gerne **** oder alles andere tun, was Sie mit mir gerne anstellen möchten. Oder – soll ich Ihnen einen blasen?«

Victor stieß scharf die Luft aus. Er schien vollkommen irritiert zu sein. Endlich blitzte etwas wie eine Ahnung des Wiedererkennens in seinen Augen auf.

»Du bist doch diese…?« Er ging vor ihr in die Hocke. »Mein Gott, du siehst ja grauenvoll aus!«

Ihre Stimme war heiser und leicht gebrochen. »Ich habe auch ein paar echt heftige Tage und Nächte hinter mir.«

Victor schüttelte fassungslos den Kopf. Endlich richtete er sich wieder auf und half auch seiner neuen Bekanntschaft wieder auf die Beine. »Wie heißt du?« wollte er wissen.

»Fox.«

Er runzelte die Stirn. »Na, das wird ja wohl kaum dein Geburtsname sein.«

»Francine. Francine Descartes.«

»Ah!« Er lächelte. »Was für ein sprechender Name! Das ist ja putzig.«

»Wieso?« Ihr Blick war umwölkt. Endlich nahm sie Victor genauer in Augenschein. Er trug feste Straßenschuhe, eine schwarze Jeans und ein graues Sweatshirt, auf dem in roten Lettern der Name BOURDIEU! prangte. »Ach du meine Güte!« entfuhr es ihr. »Du bist einer von diesen…«

»...den Anti-Hedonisten, genau. Mein Name ist Victor. Jetzt hak dich erst mal bei mir ein. Ich würde dich gerne mit auf meine Wohnung nehmen, wenn du nichts dagegen hast. Du bist ja wirklich furchtbar zugerichtet.«

»Vor allem brauche ich ein Bett. Zum Schlafen!« beeilte sie sich hinzuzufügen. »Und etwas zu essen. Bitte? Danach können wir immer noch... das sehen wir dann.«

Er führte sie die Straße entlang und spürte das Gewicht ihres warmen, schmutzigen Körpers. Sie konnte sich mit eigener Kraft wirklich nur noch mühsam auf den Beinen halten. Einige Minuten lang waren sie so unterwegs. Endlich sagte er: »Siehst du, gleich sind wir da.«

Ihr Blick, der die ganze Zeit über vor ihre Füße gerichtet war, wie sie es sich inzwischen angewöhnt hatte, flog unwillkürlich nach oben. Sie sah vor sich einen von mehreren Wohnblocks, eine Mietskaserne, wie sie für einen bestimmten Vorort der Stadt typisch war. Hier also war sie mittlerweile gelandet. »Arbeiterschließfächer« hatten sie und ihre Freundinnen diese Blocks damals spöttisch genannt, weil hier jede Wohnung Tür an Tür, Balkon an Balkon, so zentimetereng an die andere gesetzt war. Allerdings hatten ihre Freundinnen und sie auch von den Anti-Hedonisten nie sehr viel gehalten.

Fox richtete ihre Augen wieder zu Boden. Eine Tür, ein schmutziges Treppenhaus, ein altersschwacher Fahrstuhl aus dem letzten Jahrtausend. Treppenhaus, Fußabstreifer, dann war sie in der Wohnung. Ein schmaler, dunkler Flur. Von hinter einer Glastür waren Fernsehgeräusche zu hören.

»Ich dachte, ihr hättet so was gar nicht«, plapperte sie relativ steuerungslos daher. »Einen Fernseher, meine ich.«

Victor grinste. »Das ist unterschiedlich. Ich selbst kann auf so was wirklich gut verzichten. Wusstest du, dass deine Gehirnwellen, wenn du fernsiehst, ähnlich sind, wie wenn du schläfst? Nur dass dein Geist für bestimmte Botschaften offener ist? Ein ganz merkwürdiger Trance-Zustand ist das.« Er öffnete die Tür zum Wohnzimmer. »Sven allerdings besteht auf seiner Glotze. Er geht aber auch ganz kreativ damit um.«

Mit Sven musste der etwas beleibte junge Mann gemeint sein, der dort auf der Couch saß und jetzt mit hochgezogenen Brauen aufsah. Auch er trug eines dieser albernen T-Shirts, stellte Francine fest, nur dass auf seinem »FISKE!« stand. Sven musterte sie von oben bis unten.

»Sie ist mir nachgelaufen«, erklärte Victor scherzhaft. »Darf ich sie behalten?«

Endlich klarte auch Svens Gesicht auf. »Du bist doch die… die…« Er erhob sich und reichte ihr die Hand.

»Genau!« krächzte Francine.

»Ich mach dir erst mal einen Tee und dann was zu essen, okay?« schlug ihr Victor vor. Francine nickte dankbar. »Ich glaube, ich hab mir irgendwas gefangen«, murmelte sie. Victor verschwand in der Küche. Sven stand reichlich unbeholfen vor ihr herum.

»Setz dich doch!« sagte er endlich und deutete auf die Couch. Francine nahm dankbar an und ließ ihre Beine unter sich wegsinken.

»Wie seid IHR euch denn begegnet?« wollte Sven wissen. Er schien von der halbnackten Frau in seinem Wohnzimmer leicht überfordert zu sein, höflichkeitshalber aber eine Konversation anfangen zu wollen.

»Zufall«, krächzte Francine und versuchte, den Anschein zu erwecken, als ob ihr wirklich jedes Wort schwerfiele. Ihr war beim besten Willen nicht nach einer Unterhaltung zumute. Sven schien das zu registrieren. »Ist es okay, wenn ich den Fernseher anlasse?« fragt er. Francine nickte.

Victor brachte den dampfenden Tee. Dankbar nahm Francine ein paar Schlucke, dann sank sie in der Couch zurück. Sie stellte fest, dass Sven eine sehr merkwürdige Art hatte fernzusehen. Offenbar vollkommen wahllos und von keinerlei Logik wie Sendeablauf oder Werbeunterbrechungen geleitet, zappte er von einem Programm zum nächsten. Gerade noch versuchte die transsexuelle, lesbische Silvana von Fürstenfeld-Hohenstetten, Gräfin von Schloss Waldenau, die erst vor kurzem durch eine Geschlechtsumwandlung vom Mann zur Frau geworden war, ihrer ebenfalls transsexuellen Geliebten Cecilia bei der Entscheidung beizustehen, ob diese sich von der Frau zum Mann operieren lassen sollte, während ihr Bruder, der intrigante Graf Max von Hohenstetten, heimlich seine junge Cousine Chiasma bei koprophagen Sexspielchen im Wohnzimmer der väterlichen Villa filmte, um sie dadurch später erpressen zu können, dann plötzlich: Zap! Jetzt waren dokumentarische, allerdings von Schwarzweiß in Farbe umgewandelte Filmaufnahmen über die Deportation von Sinti und Roma in ein Konzentrationslager zu sehen. Zap! Oliver Geißen stellte einer Frau in Blazer und mit angedeutetem Irokesenschnitt eine Quizfrage, für deren richtige Beantwortung sie 32.000 Euro gewinnen konnte. Zap! Jürgen Möllemann bekam eine Torte ins Gesicht.

Jetzt erst bemerkte Francine so richtig die bleierne Müdigkeit, die sich in ihrem Kopf und in ihren Gliedern ausgebreitet hatte. Alles war so schwer. Selbst ihren Hunger spürte sie nicht mehr. Sie glitt hinein in die sanften Wogen von Schlaf und Traum. Schon sah sie sich selber Oliver Geißen gegenübersitzen, splitternackt im Scheinwerferlicht. Er grinste sein übliches jungenhaftes Grinsen und las die Quizfrage vom Monitor ab: »Welcher dieser Bundespräsidenten war kein Mitglied der NSDAP? Theodor Heuss – Heinrich Lübke – Walter Scheel – Karl Carstens.« Francine hatte keine Ahnung und tippte blindlings auf Scheel. Das war falsch. Sie hatte verloren und musste jetzt Jürgen Möllemann heiraten.

Als Francine erwachte, saß sie nicht mehr auf der Couch, sondern lag in einem etwas schmalen, aber durchaus bequemen Bett. Durch ein Fenster fiel das Licht der Straßenbeleuchtung. Offenbar hatte Victor sie in sein Schlafzimmer verfrachtet. Von draußen, vielleicht aus dem Wohnzimmer, hörte sie Stimmengewirr. Victor schien sich Besucher eingeladen zu haben. Francine seufzte tief auf. Offenbar würde auch er es nicht lassen können, sie seinen Freunden vorzuführen und schließlich dem allgemeinen Gebrauch freizugeben.

Sie lauschte noch ein wenig, versuchte zu verstehen, worüber die Fremden sich unterhielten. Aber das war sehr schwierig, was nicht nur an der geschlossenen Zimmertür lag. Francine konnte einige Worte aufschnappen: Es war von einem »Synoptikon« die Rede, von einem »promethischen Gefälle«, von »Otakus« und »Jetzt-Genossen«. Natürlich, es handelte sich um den elitären Jargon der Anti-Hedonisten, den diese offenbar als hipp betrachteten. Für Fox war dieses undurchschaubare Wortgeklingel explizit ein Grund mehr, sich mit diesen merkwürdigen Gestalten gar nicht erst näher einzulassen. Deppengeschwätz. Überhaupt konnte sie deren ganzes Pathos, ihren Weltschmerz und ihren Mangel an Ironie definitiv nicht leiden.

Sie sank wieder hinab in den Schlaf. Er musste sehr tief gewesen sein, denn sie erwachte erst wieder am nächsten Morgen vom Rumoren ihres Magens. Sie sollte wirklich schleunigst etwas essen! Kaum zu fassen, jahrelang hatte sie sich mit allen möglichen Schlankheitstipps beschäftigt – aber so viel abgenommen wie in den letzten paar Tagen hatte sie vermutlich noch nie.

Francine lag ein paar Minuten wach und überlegte, was sie jetzt am besten tun sollte. Die Entscheidung wurde ihr abgenommen, als jemand plötzlich sanft an der Tür klopfte. Augenblicklich begann ihr Herz wieder zu rasen. »Ja?« fragte sie mit noch immer reichlich brüchiger Stimme.

Victor trat ein. »Na, ausgeschlafen?« fragte er.

»Ja. Das habe ich mal wieder gebraucht.« Sie rang sich ein Lächeln ab. »Du, ich möchte deine Gastfreundschaft nicht ausnutzen, aber ich habe einen Irrsinnshunger.«

Er lächelte. »Kann ich mir vorstellen. Ich könnte dir ein Brot mit Rührei machen und einen Kaffee?«

»Das wäre ganz super.«

»Soll ich es dir ins Bett bringen, oder…?«

Francine stellte fest, dass sie immer noch ihr Shirt trug. »Nein, ich komme gerne raus in die Küche. Allerdings… du findest es bestimmt komisch, aber könntest du die Rolläden hier in der Wohnung so herunterlassen, dass nur noch durch die Spalte Licht fällt, bevor ich aufstehe?«

Victor runzelte die Stirn. »Ich verstehe nicht ganz…«

»Ich… du weißt doch vielleicht, dass Leute hinter mir her sind.« Sie beschloss, den durchgeknallten Killer gar nicht erst zu erwähnen. Womöglich erschreckte sie Victor dadurch so, dass er sie doch noch ohne Frühstück auf die Straße setzte. »Und sie können dank bestimmten Sensoren alles sehen, was ich auch sehe. Wenn ich also aus Versehen aus einem der Fenster schaue, könnten sie sehr schnell herausfinden, wo ich bin.«

»Ach so! Aber… die haben doch dann auch mitgekriegt, wie du hierhergekommen bist.«

»Die müssten so in ungefähr den Bereich kennen, das stimmt. Aber die letzte Strecke bis zu deiner Wohnung hab ich nur auf meine Füße geschaut und mich ansonsten von dir führen lassen.«

»Ah.« Sein Gesicht hellte sich auf, und er trat zum Rolladen des Schlafzimmers, um ihn herunterzulassen. Dank der Hochsommersonne, die durch die Ritzen fiel, war es immer noch hell genug. Victor setzte diese Prozedur in den anderen Zimmern fort, während Francine in die Küche tappte. Dort fand sich auch ihr Gastgeber gleich danach ein, trat an den Herd und begann mit der Zubereitung des Frühstücks.

Nach einigen Minuten des Schweigens nahm er wieder die Unterhaltung auf. »Wie kamst du eigentlich auf die Idee, dich für diese Fuchsjagd zur Verfügung zu stellen?«

Francine zuckte mit den Schultern. »Damals dachte ich, das wäre eine ganz gute Idee.« Ihr Hunger machte sie halb wahnsinnig. Sie hoffte, dass es jetzt nicht zu einer hitzigen ideologischen Diskussion kommen würde. Immer noch quälte sie der Gedanke, dass sie der Kerl vor die Tür setzen konnte, wenn sie sich nicht gefügig genug zeigte. Und nach allem, was sie wusste, schienen den Anti-Hedonisten bestimmte obskure »Werte« wichtiger zu sein als alles andere. »Ich brauchte halt Geld, und dieser Sender hat mir 100.000 Euro für jeden Tag angeboten, den ich überstehe. Das ist ein ziemlich fetter Betrag, erst recht in meiner Zwangslage. Dafür war ich bereit, einiges auf mich zu nehmen.«

Victor schüttelte verärgert den Kopf. »100.000 Euro! Das Medienspektakel eröffnet wirklich ganz neue Formen der Prostitution. Sicher, für einen Normalverdiener ist das eine Riesensumme. Aber so ein Sender bekommt das in seinen Shows pro Werbeminute. Dafür kann er einige Leute auf den Strich schicken.«

»Na, ganz so würde ich das aber nicht sehen«, protestierte Francine schwach. »Ich bin doch keine Nutte! Gut, es ist einiges passiert, mit dem ich nicht rechnen konnte. Das Ganze ist aus dem Ruder gelaufen. Aber ursprünglich war das ein korrekter Deal. Sicher, ich hatte in dieser doofen Aufmachung durch die Stadt zu marschieren, und jeder konnte mir dabei zusehen, wie mich bestimmte Kerle angrabschten. Aber – das bin nicht wirklich ich. Ich habe bei der ganzen Chose nie wirklich etwas von *mir* gezeigt. Alles, was von mir ausgestrahlt wurde, das war doch nur ein Image, ein Medienbild, das hat mit meinem wahren Wesen, meiner Persönlichkeit überhaupt nichts zu tun.«

Victor atmete einmal tief durch. Dann trat er mit Francines Kaffeetasse zum Tisch und blickte ihr tief in die Augen. »Mädchen, mach dir doch nichts vor«, sagte er. »Du bist ein Individuum, und das solltest du nicht aufgeben. Weißt du, was dieses Wort bedeutet? Individuum? Es kommt aus dem Lateinischen und heißt soviel wie ›unteilbar‹. Du *kannst* nicht einfach ein mediales Bild von dir abspalten, ohne dass deine gesamte Person in Mitleidenschaft gezogen wird.« Wieder schüttelte er den Kopf. »Ich kann das einfach nicht fassen. Da tun ich und meine Leute alles mögliche, um mehr als nur vier Dimensionen wahrzunehmen, und du beschränkst dich freiwillig auf die beiden Dimensionen deines Bildschirms.«

»Mehr als vier… was soll das denn heißen?«

Victor stellte auch das Brot, die Butter und die Pfanne mit dem Rührei auf den Tisch. »Das scheint heute kein Mensch mehr zu verstehen. Ist ja auch kein Wunder. Es hängt alles zusammen. Die Medien sagen uns nur noch, dass unsere Welt rein materiell bedingt ist, selbst die Seele, das Bewusstsein, alles. So was wie Spiritualität und Transzendenz wird überhaupt nicht mehr vermittelt. Kein Wunder, dass dieses Weltbild als einzige Ideologie nur noch den puren Hedonismus zustande bringt. ›Gott sei Dank ist alles biochemisch!‹ Wenn man ein Problem hat oder sich schlecht fühlt, besteht die Lösung darin, dass man ein Produkt kauft. Und als Krönung des Ganzen versucht man, sich selbst zum Medienimage zu reduzieren, oder man konsumiert andere Images und erregt sich an jedermanns Leben außer dem eigenen.« Er warf einen Blick auf die Uhr. »Tja, es ist nett, mit dir zu plaudern, aber ich fürchte, ich muss weg. Heute nachmittag das Seminar kann ich sausen lassen, aber heute morgen in der Firma werde ich wohl gebraucht. Ich bringe uns dann zum Mittagessen eine Pizza mit, einverstanden?« Er schnappte sich eine Lederjacke aus dem Flur und streifte sie über.

»Ich darf solange in der Wohnung bleiben?« fragte Francine. »Das finde ich nett.«

»Solange das gegen keine von euren obskuren Spielregeln verstößt.« Er griff nach seinem Schlüssel. »Angst zu haben, dass du irgendwas mitgehen lässt, brauche ich bei dir ja nicht.« Er grinste, winkte noch einmal kurz zum Abschied und ging.

Francine blieb zurück in der Wohnung. Sie überlegte ein wenig, aber ihr fiel nichts ein, das ihren Aufenthalt dort verbieten konnte. Den Spielregeln zufolge hatte sie sich innerhalb der Stadt aufzuhalten, das war alles. Wenn Hiob ihre Auslegung nicht passte, dann sollte er diesen Mist doch endlich abbrechen.

Wie könnte sie sich den Vormittag über beschäftigen? Das größte Bedürfnis, das sie jetzt verspürte, da sie lange geschlafen und ihren Hunger gestillt hatte, war das nach einer ausgiebigen warmen Dusche. Sie fühlte sich unglaublich schmutzig und verdreckt, überall, in jedem Winkel ihres Körpers. Also betrat sie Victors Bad, streifte sich das Shirt vom Körper, zog eine Grimasse in Richtung Spiegel und trat in die Kabine. Mindestens zwanzig Minuten ließ sie den warmen Strahl auf ihren Körper herabprasseln.

Danach blieben ihr immer noch einige Stunden Zeit. Sie streifte in der Wohnung herum und fand überall die verschiedensten schweren Bücher herumliegen. Dafür hatte sie jetzt noch weniger den Nerv als sonst schon. Sie verzog sich noch einmal ins Bett und versuchte, etwas mehr zu schlafen, aber sie blieb hellwach und rollte sich unruhig von einer Seite auf die andere. Sie war völlig aufgekratzt und übererregt. Noch immer geisterten ihr die Ereignisse der letzten Tage im Kopf herum. Endlich quälte sie sich also wieder hoch und tigerte von neuem durch die Zimmer. Nach einigen Minuten schnappte sie sich die Fernbedienung, zielte damit auf den Fernseher, stutzte, schaltete den Apparat ein und warf sich dann zufrieden auf die Couch. Das übliche Vormittagsprogramm auf allen Kanälen: hier eine Freak-Show, bei der heute Darstellerinnen aus Schwangerschaftspornos zu Gast waren, dort die Wiederholung einer Folge aus der Jubiläumsstaffel von »Big Brother«. Diesmal hatten sie eine Frau mit Tourette-Syndrom mit in den Container gesperrt. Das sollte zum einen für den nötigen Bestandteil an Heiterkeit, Action und Konflikten sorgen und zum anderen einen aktuellen Trend aufgreifen, da sich Tourette diversen Medienberichten zufolge gerade zur neuen Volkskrankheit entwickelte.

Francine blätterte durch die Kanäle, erwischte eine Nachrichtensendung und wollte schon wegzappen, als sie ihr eigenes Foto auf der Mattscheibe erblickte. Offenbar war sie mitten im Beitrag hinzugekommen. Die Sprecherin berichtete irgend etwas von einem Mega-Show-Event zum siebten Tag der Fuchsjagd auf dem Gelände des Senders. Weiter ging es mit dem nächsten Thema. Francine fluchte. Der wievielte war heute überhaupt? Sie fand die Taste für den Videotext. Tatsächlich, dem Datum zufolge war sie jetzt exakt sieben Tage unterwegs.

»Eine coole Million«, flüsterte sie ergriffen vor sich hin.

Als Victor endlich mit den Pizzen die Wohnung betrat, bestürmte sie ihn geradezu. »Der siebte Tag! Ab heute kann ich meinen Gewinn einlösen. Hilfst du mir, irgendwie zum Sender zu kommen?«

»Klar, ich kann dich hinbringen.« Er zerteilte die Pizzas. »Es ist jetzt also alles vorbei? Du brauchst nur noch da hinzugehen und abzukassieren?«

»Ich muss als einziges aufpassen, dass ich vorher nicht Hiobs Häschern in die Finger gerate. Aber sobald ich auf dem Sendegelände bin, bin ich in Sicherheit.«

»Aha. Und das stellst du dir relativ einfach vor?«

»Dürfte eigentlich zu schaffen sein. Meinst du nicht?«

»Na ja…« Er schob ihr eine der *pizzi* hinüber. »Mir kommt halt ein Sender verdächtig vor, der an einer Show gnadenlos festhält, auch wenn ein Serienkiller überall seine Pläne verbreitet, dass er die Kandidatin dieser Show aufschlitzen will.«

»Au Backe! Das weißt du?«

Er grinste. »Ich habe ja nie behauptet, dass ich überhaupt keine Medien benutze. Deshalb sei mir nicht bös, aber ich möchte lieber noch mal abchecken, was es mit diesem Sender auf sich hat, bevor du da hingehst und dir deine Kohle abgreifst. Das kannst du heute abend immer noch machen.«

»Ja, sicher. Aber wie willst *du* da irgendwas 'rausfinden?«

Sein Grinsen wurde breiter. »Ich hab da schon meine Methoden. Muss ja nicht jeder abwarten, bis ihm die Medien das servieren, was er für die Wahrheit halten soll. Aber jetzt essen wir erst mal, sonst werden sie endgültig kalt, die Pizzata.«

Für ein paar Minuten trat ein gefräßiges Schweigen ein. Dann ergriff Francine wieder das Wort. »Wieso seid'n ihr eigentlich so immer gegen alles, was Laune macht? Ich meine Fernsehen und so – man möchte meinen, das wäre das schlimmste Übel der Weltgeschichte, wenn man euch manchmal so hört.«

»Tja, ich weiß nicht, dafür hat natürlich jeder von uns seine eigenen Gründe. So wie ich selbst die Sache sehe, ist das Fernsehen inzwischen nichts weiter als eine gigantische Maschine, die es sich zur Aufgabe gemacht hat, die Massen ruhigzustellen. Da muss ich nur an meine eigene Geschichte denken.«

»Wieso? Was ist dir passiert?«

»Als ich ganz klein war… oder andersrum: Geboren bin ich eigentlich in den USA. Ganz unterste Schicht, bitterarme Familie. Die Verlierer von Clintons Wirtschaftswunder. Meinen Vater hab ich nie kennengelernt. Meine Mutter haben eines Morgens die Nachbarn gefunden. Verhungert, buchstäblich. Vor dem Fernseher. Der Kasten lief noch. Vielleicht brachten sie gerade das *Wheel of Fortune*, keine Ahnung. Mich konnten sie noch retten, und ich kam zu Verwandten hier in Deutschland, wo es damals zumindest noch ein bisschen besser aussah als da drüben.«

»Okay, und was kann jetzt das Fernsehen dafür?«

»Es stellt die Leute still. Davon bin ich überzeugt. Sie engagieren sich nicht politisch, hinterfragen nicht, setzen sich nicht mit den Zusammenhängen auseinander, gründen keine Initiativen mehr, gehen nicht mehr auf die Straße. Die Zeit würde ihnen ja fehlen, um Soaps oder Gewinnshows zu glotzen, die ihnen weismachen, dass das wahre Glück ganz woanders liegt, und die ihnen scheinbar eine Welt schaffen, in der alles bunt und hell ist, während sie in Wirklichkeit verrecken. Das Fernsehen hält diejenigen, die unsere Gesellschaft fertiggemacht hat, vom Aufbegehren ab. Denk nur an die Favelas in Rio de Janeiro – typischstes Beispiel!«

»Die Favelas?« Sie schluckte einen weiteren Bissen herunter. »Wer ist das? Äh… wer *war* das?« beeilte sie sich zu verbessern, als sie seine Gesichtszüge entgleisen sah.

Er überging diese Frage. »Na ja, und was offensichtlich ist: Je brutaler diese Gesellschaft ist, desto grotesker und furioser wird auch das Medienspektakel. Wobei man sich immer vormacht, man hätte jetzt gerade den Endpunkt des Abgeschmackten erreicht. Pustekuchen! In den Siebzigern gab es noch einen Skandal, als Romy Schneider Burkhard Driest in einer Talkshow einfach nur mehrfach am Arm berührte. Das kann heute kein Mensch mehr nachvollziehen. Kein Mensch! Schon zum Wechsel ins neue Jahrtausend sah man Leute vor laufender Kamera kotzen, ***** und einander quälen und demütigen. Diese Welle scheint inzwischen einen ersten Höhepunkt erreicht zu haben. In zwanzig Jahren wird keiner mehr kapieren, dass DAS mal ein heißumstrittenes Thema war. Was wird das Fernsehen DANN bringen? Je mehr die Leute sehen, desto mehr wollen sie doch gezeigt bekommen, immer heißer, immer schärfer, immer weiter auf der Suche nach dem ultimativen Kick.«

»Meine Güte, man braucht sich's doch nicht anzugucken, wenn man nicht mag. Warum schaut ihr nicht einfach was anderes, wenn euch die Gaudi nicht gefällt? Politik oder Kultur oder so was.«

Victor lachte auf. »Erstens weil die immer mehr von der Gaudi aufgefressen werden. Im letzten Jahrtausend gab es noch ein Programmformat, das man ›Dokumentation‹ nannte. Kennt heute kein Mensch mehr. Und zweitens tanzt doch auch die Politik längst zur Melodie des immer doller werdenden Spektakels.« Er deutete mit der Messerklinge in ihre Richtung. »1991, Golfkrieg. Die Schlagzeilen berichteten von Babys, die von irakischen Soldaten aus ihren Brutkästen herausgerissen worden seien. Das ganze stellte sich als Ergebnis einer von einem New Yorker Werbebüro gesteuerten Kampagne heraus, die beim Publikum Begeisterung für die neue Gameshow ›Operation Desert Storm‹ wecken sollte. Erstaunlicherweise gab es *keine* Riesenschlagzeilen in allen Zeitungen, als sich die Brutkasten-Story als Propagandamärchen herausstellte. *Das* wurde übergangen. 1999, Kosovo. Kriegsminister Scharping präsentiert gefälschte Massaker-Videos als Werbetrailer und faselt ein unfassbar psychopathisches Gelaber zusammen, irrwitzige Phantasien über Serben, die mit abgehackten Albanerköpfen Fußball spielen und schwangeren Frauen die Föten aus dem Mutterleib reißen, sie grillen und danach wieder einsetzen. Als sich auch diese Berichte als die reinste Greuelpropaganda herausstellen, die uns dazu bewegen sollten, in einer der dichtbesiedeltsten Regionen Europas quasi Völkermord zu begehen, landen auch diese Enthüllungen höchstens auf den hinteren Seiten der Zeitungen. Die Schlagzeilen beschäftigen sich nämlich mit der Fernsehsendung Big Brother. 2012, Pakistan. Kriegsministerin Beer verbreitet ebenso aufgewühlt wie kampfesmutig in einer Polit-Show das Gerücht, dass die dortige Herrscherkaste einen schwunghaften Handel mit Pornovideos führe, auf denen Kinder geschändeter Haremssklavinnen gefoltert, zerstückelt und verspeist werden. Und natürlich fällt die Bevölkerung prompt *wieder* darauf herein. Immer derselbe Witz, und das Publikum brüllt regelmäßig von neuem.«

»Hm«, sagte Francine nachdenklich. »Dann ist es vielleicht das, was dieser Serienmörder meint, wenn er behauptet, es wäre so eine Art Tyrannenmord, wenn er mich umlegen würde. Mehr so stellvertretend.«

Victor verschluckte sich und musste husten. »Wobei der Kerl natürlich jedes Maß, jeden Überblick verloren hat. In meinen Augen bist du viel eher Opfer anstatt Täterin.«

»Opfer?«

»Ja, sicher. So Kerle wie dieser Hiob, der missbraucht dich doch für seine Zwecke. Der macht doch dich und deinen Körper zum Objekt, das er für sich benutzen kann.«

»Und das tust du nicht?« fragte Francine mit maliziösem Unterton in der Stimme.

Victor war verwirrt. »Ich? Wieso ich? Ich hab doch mit der ganzen Sache gar nichts zu tun. Und von dir will ich erst recht überhaupt nichts.«

»Och komm…«. Sie spitzte die Lippen. »Wofür hast du denn eben deine kleine Ansprache gehalten? Wen wolltest du mit deinem kleinen Sermon denn aufrütteln? Doch nicht nur mich! Du weißt doch, dass alles, was ich sehe und höre, direkt ins Web-TV übertragen wird – und momentan zu einer Top-Einschaltquote. Und du hast genauso geguckt, wie jemand schaut, der in ein Kameraobjektiv sieht. Glaub mir, ich habe in meinem Leben schon mehr als genug Reality-Shows gesehen, um *das* zu erkennen. Ihr braucht nicht alle so zu tun, als wären wir bescheuert, nur weil wir gern bestimmte Sendungen sehen. Vielleicht habe ich heute schon mehr ›Medienkompetenz‹, als Sie je haben werden, Herr Lehrer. Für dich war mein Körper eben doch auch nicht mehr als eine Kamera für deine Botschaften.«

Victor war sprachlos für einen Moment, den Francine sehr genoss. Endlich berappelte er sich. »Also… ich kann nicht ganz abstreiten, dass du vielleicht recht hast. Womöglich habe ich dich wirklich missbraucht, um meine Ansichten zu verbreiten. Ich nehme mich und meine Gedanken einfach zu wichtig, und dann will ich jeden überzeugen, den ich zu fassen kriege.« Er erhob sich. »Stattdessen sollte ich wohl lieber versuchen, mein Versprechen zu erfüllen, und ein bisschen recherchieren. Auch wenn diese Tätigkeit inzwischen aus der Mode gekommen ist.«

Francine blieb wieder einmal alleine zurück. Einen Moment lang fragte sie sich, ob sie ihren Gastgeber gekränkt haben konnte, beschloss dann aber, dass es ihm wohl ganz gut tat, von seinem Höhenflug ein wenig herabgeholt zu werden. Wieder warf sie sich vor den Fernseher und betrachtete die bunten Bilder, die vor ihren Augen vorbeizogen.

Etwa zweieinhalb Stunden später kehrte Victor zurück. Francine war schon reichlich nervös geworden. »Ich hab mir schon überlegt, ob ich nicht einfach versuchen sollte, mich alleine zum Sender durchzuschlagen.«

»Das würde ich dir nicht raten!« kommentierte Victor trocken. »Ich hab ein paar Kontakte angezapft. Das gesamte Sendergelände ist durch Häscher abgeriegelt, die dort Posten bezogen haben und so verteilt sind, dass niemand hindurchkommt. Hiob hat augenscheinlich sehr darauf geachtet, dass nur sehr schnelle und sportliche Männer diesen Job übernehmen. Die stehen da übrigens seit Beginn der Jagd. Keiner von ihnen war je hinter dir her. Sie sollten nur verhindern, dass du das Spiel von dir aus abbrechen kannst.«

»Bitte!?« Francine war fassungslos. »Aber… ich verstehe kein Wort! Was war denn dann der Sinn des Spiels?«

»Ich durchblicke zwar immer noch nicht die ganzen Hintergründe. So weit reichen meine Kontakte nicht. Aber generell gesprochen war der Sinn wohl, dich draußen zu halten und durch**** zu lassen.«

»Nein!« Francine brauchte mehr als einige Sekunden, um sich von ihrer Verblüffung zu erholen.

»Offenbar bleibt ihnen auch gar nichts anderes übrig. Der Sender ist hochverschuldet und versucht seit seiner Gründung vergeblich, aus den roten Zahlen rauszukommen. Wenn du da jetzt hinmarschieren und deine Million verlangen würdest, müssten sie den Schuppen dicht machen, um dich auszuzahlen.«

»Diese Arschlöcher!«

»Wobei ich der Ansicht bin, dass du genau das tun solltest.«

»Was?«

»Hingehen, dein Preisgeld vor aller Welt einfordern und dadurch diesen sauberen Sender ruinieren. Damit würdest du den Spieß umdrehen. Du wärst reich, und dieser Hiob säße auf der Straße. Außerdem wäre er der Arsch der Nation. Die Publikumsgunst liegt immer beim Gewinner einer Auseinandersetzung. Eben haben sie sich noch zusammen mit ihm über dich lustig gemacht und sich an dir aufgegeilt, aber dann werden sie sagen: Recht geschieht's dem perversen alten Sack.«

Francine starrte nachdenklich vor sich hin. Sie schien höchst konzentriert abzuwägen, was sie jetzt am besten tun sollte.

»Überhaupt wäre kein besserer Zeitpunkt für deine Revanche als jetzt. Diese Fuchsjagd hat in den letzten Tagen ganz schön bei den Zuschauern eingeschlagen. Offenbar hat Hiob in den letzten Tagen einige fette Werbeverträge ausgehandelt. Von heute ab kassiert er vermutlich wirklich die 100.000 Euro mit jeder Minute deiner Demütigung. Wir sollten ihm unbedingt in die Parade fahren.«

Fox sah wieder zu ihm auf. »Und wie stellst du dir das vor? Ich denke, seine Leute haben alles abgeriegelt?«

»Auch darüber habe ich in den letzten Stunden schon ein wenig nachgedacht. Aber nachdem alles, was du siehst und hörst, von diesen Sensoren aufgenommen und ins Netz übertragen wird...« Er ging zu einer Stereoanlage hinüber, legte eine CD ein und stellte das Gerät auf so hohe Lautstärke, dass die Wände dröhnten. Chumbawamba, erkannte Francine. »I'm with stupid«.

»KANNST DU MICH VERSTEHEN?« brüllte Victor sie über den Lärm hinweg an.

Sie nickte.

»GUT! ICH GEHE DAVON AUS, DASS DIE LEISTUNGSSTÄRKE DER MIKROS ÜBERFORDERT IST, MEINE STIMME HIER KLAR HERAUSZUFILTERN. SO GUT SIND DIE NICHT. SCHON EIN NORMALES MIKRO HAT JA PROBLEME, WENN JEMAND AN EINEM ORT INTERVIEWT WIRD, WO ES EIN BISSCHEN WINDIG IST.«

Francine nickte erneut.

Dann begann Victor zu erklären. Francine hing förmlich an seinen Lippen. Hin und wieder nickte sie zur Bestätigung, dass alles angekommen war. Plötzlich hielt Victor inne und stutzte, als ob er irgend etwas gehört hätte. »LEISER!« brüllte er.

Die Anlage fuhr die Lautstärke zurück. Victor lauschte. Dann hörte es auch Francine: das Schrillen der Türklingel.

»Na, das war ja klar«, kommentierte Victor. »Hab mich schon gefragt, wie lange wir wohl Zeit haben, bevor die Nachbarn zu protestieren beginnen. Aber wir sind ja soweit auch durch.« Er stand auf. »Du hast doch alles verstanden?«

»Einwandfrei.«

»Gut. Du kannst mir ja gleich sagen, was du davon hältst.« Es klingelte erneut. Victor seufzte und schlurfte in den Flur. Francine hörte, wie er die Haustür öffnete, gefolgt von einem überraschten Aufruf, merkwürdigen Geräuschen, die sich nach Schlägen oder zumindest Gerangel anhörten, dann einen Schmerzensschrei, der Victor entfahren zu sein schien. Die Nachbarn schienen in diesen vermutlich sehr hellhörigen Arbeiterschließfächern ziemlich brutal zu sein.

Dann eine fremde, kalte Stimme: »Von dir will ich doch gar nichts, du Blödmann. Wir sind doch auf derselben Seite, ihr Anti-Hedos und ich.« Dann hörte sie ein weiteres Geräusch, das sie aus diversen Krimis zu kennen glaubte: das Entsichern einer Waffe.

Plötzlich wühlte sich eine Welle von Angst in ihren Magen hinein, krampfte ihn zusammen. Zitternd zwang sie sich auf die Beine.

In der nächsten Sekunde bereits erschien Dirk Bankert im Türrahmen.

Er hatte eine Pistole in der Hand und grinste ein Grinsen, das auf Fox verdammt psychopathisch wirkte.

»Hallo, mein Füchschen!« grüßte er sie. »Die Jagd ist fast vorüber. Gleich wird zum großen Halali geblasen.«

Aber wie konnte er sie hier gefunden haben? Hier in dieser Siedlung, wo ein Haus aussah wie das andere, und sie hatte auf dem Weg hierhin nur zu Boden gesehen, und die Rolläden waren herabgelassen, es gab doch gar keinen Hinweis, den ihre Augen ins Netz übertragen hatten und der zeigte, in welcher Wohnung sie sich aufhielt…

Dann durchfuhr es sie.

Victor. Sie hatte Victor oft genug angesehen!

Dieser Serienkiller musste nur lange genug in diesem Viertel herumlungern, um ihren Beschützer zu entdecken. Als Victor heute morgen die Wohnung verlassen und als er heute mittag zurückgekehrt war, hatte Bankert das noch nicht geschafft. Aber jetzt, als Victor zum zweitenmal zur Wohnung zurückgekehrt war, da war Bankert das Glück hold gewesen. Er war ihm gefolgt, hatte ein paar Minuten gewartet – und jetzt schlug er zu.

Bankert hob die Waffe und visierte Fox direkt an.

Mit gesenktem Kopf raste Victor brüllend durch den Türrahmen wie ein wilder Stier. Er rammte Bankert voll in die Seite, der wurde zurückgeschleudert. Victor gelang es, Bankerts Waffenarm zu packen. Die beiden begannen, miteinander zu ringen. Ein erster Schuss löste sich und schlug in die Stereoanlage ein.

»Ich muss weg«, entfuhr es Fox. »Ich muss hier weg!«

Aber wie und wohin? Der Weg zum Flur war von den beiden Kämpfenden abgeschnitten. Dirk Bankert schien als ausgebildeter Polizist seinem Gegenüber im Nahkampf erkennbar überlegen zu sein. Es würde nur noch eine Frage der Zeit sein, bis er Victor am Boden hatte.

Panisch flogen Fox' Augen von einer Ecke des Zimmers zur anderen. Der Balkon! Das war in der Tat der einzige Fluchtweg, der ihr noch freistand.

Das war vollkommen verrückt, schoss es ihr durch den Kopf, während sie den Rolladen bereits in die Höhe sausen ließ. Eine Flucht über die Balkone, als ob sie die Heldin eines Action-Thrillers wäre! Schon der Gedanke war meschugge. Sie war nicht gerade unsportlich, aber auch alles andere als besonders trainiert.

Noch einmal sah sie zurück ins Zimmer, ob ihr nicht doch ein anderer Fluchtweg blieb. Doch dort rammte Bankert Victor gerade seine Faust in den Magen. Victor schrie auf und sackte in die Knie.

Fox riss die Tür auf und stürzte ins Freie. Der Nachbarbalkon war kaum einen Meter entfernt. Das sollte zu schaffen sein.

Noch ein letzter Blick über die Schulter. Victor wand sich zusammengekrümmt auf dem Teppich. Bankert hatte seine Pistole umklammert und stapfte mit entschlossenem Blick auf sie zu.

Fox stürzte zum Rand des Balkons, setzte ihren nackten Fuß auf die Brüstung, es folgte der andere, sie katapultierte sich nach vorne. In der nächsten Sekunde kam sie auf dem Balkon der Nachbarwohnung auf.

Ihr Blick flog zu dessen Tür. Wenn sie offen war, konnte sie in die Wohnung dort fliehen, dann ins Treppenhaus…

Aber die Tür war verschlossen. Hinter dem Glas begrüßte sie hämisch eine vorgezogene Gardine.

Fox blickte sich um nach ihrem Verfolger. Der stand mit erhobener Pistole auf Victors Balkon und visierte sie an.

Fox warf sich zu Boden, presste sich auf den kalten Stein. Ihre Flucht schien beendet zu sein, bevor sie richtig begonnen hatte. Eine Pistolenkugel würde allemal schneller sein als sie.

Dann sah sie bereits Dirk Bankerts Schatten über sich. Fox blickte auf und sah ihn zu ihr herüberspringen.

Sein rechter Fuß setzte gerade auf der Brüstung des Balkons auf, auf dem Fox kauerte, als sie urplötzlich nach vorne stürzte. Ohne dass ihr selbst richtig klar wurde, was sie da überhaupt tat, umklammerte sie Bankerts Knöchel und riss ihn zur Seite.

Sie hatte exakt jenen Augenblick erwischt, in dem Bankert ankam. Er hatte sein Gleichgewicht noch nicht wiedergefunden, und der Lauf seiner Waffe wies ins Nirgendwo. Seine Augen weiteten sich, als er in einer Zehntelsekunde die Situation begriff, in der er sich befand. Francine riss mit aller Kraft. Bankerts anderer Fuß schnellte nach vorne, als versuche er noch einmal, ihren Kopf zu treffen, aber er trat ins Leere. Dann verlor Bankert endgültig den Halt.

Wie ein Stein stürzte er in die Tiefe. Reflexartig gab er einen letzten Schuss ab. Irgendwo zersplitterte Glas.

Fassungslos starrte Fox nach unten.

Victor tauchte auf seinem Balkon auf, blickte sich irritiert um. Endlich schien auch er zu erkennen, was gerade geschehen war.

Francine atmete noch einmal tief durch, nahm Anlauf und sprang zurück auf Victors Balkon. Dort sackten ihr die Füße unter ihrem Körper weg.

Für eine unbestimmte Zeit war sie wie bewusstlos. Während Victor sie in seinen Armen hielt, blickte sie hinauf in den blauen Himmel, über den einige Wolken zogen. »Sieht aus wie Windows, findest du nicht?« flüsterte sie gedankenlos vor sich hin, während sich ihr Herzschlag langsam beruhigte.

Unten wurden Stimmen laut. Der eingeschlagene Körper schien in der Arbeitersiedlung eine gewisse Aufmerksamkeit auf sich zu ziehen.

»Er war ein Serienmörder«, flüsterte Victor ihr ins Ohr. »Er hat einige Frauen ermordet, und er wollte auch dich umbringen.«

Drinnen schlug eine Uhr.

Durch Francine ging ein Ruck. »Schon gut«, krächzte sie und löste sich aus Victors Armen. Noch immer am ganzen Körper zitternd kam sie auf die Beine. Sie sah ihm in die Augen. »Und jetzt?« fragte sie.

»Jetzt das«, antwortete er und küsste sie.

Im nächsten Augenblick waren ihre Hände überall an ihrem Körper, flogen tastend von einer Stelle zur anderen. Ineinander verkrallt taumelten sie zurück in die Wohnung. »Ins Schlafzimmer!« keuchte sie. Auf dem Weg durch den Flur streifte er ihr das Shirt über den Kopf. Sekunden später warf er sie rücklings auf das Bett, in dem sie die letzte Nacht durchgeschlafen hatte. Er ließ die Tür hinter sich zufallen, trat dann zum Fenster. Der Rolladen sauste geräuschvoll nach unten. Dunkelheit.

Hiob blickte auf den schwarzen Bildschirm seines Subdecks und konnte sein Glück nicht fassen.

Er hatte es nicht nur geschafft, auf einem schon reichlich übersättigten Markt eine brandneue heiße Humiliation-Show zu platzieren, er hatte nicht nur höchst lukrative Werbekunden mit an Bord gezogen, nein, pünktlich zur Sieben-Tage-Megashow seiner Fuchsjagd, zu deren Anlass alles, was die Füchsin sah, auf riesige Monitore neben einer breiten Bühne übertragen wurde, hatte diese höchstselbst dem Serienkiller den Garaus gemacht, der sich seit über einer Woche mit Fox die Schlagzeilen der Boulevardpresse teilte. Das jugendliche Publikum, das auf seinem Sendegelände vor der Bühne versammelt war und alles live miterlebt hatte, hatte Bankerts Absturz mit lautstarkem Johlen, Klatschen, Jubeln und Pfeifen gefeiert.

Es war natürlich ein bisschen schade, dass in diesen Minuten von Fox und Victor nichts mehr übertragen wurde, aber Hiob konnte sehr gut verstehen, dass nach allem, was die beiden gerade erlebt hatten, sich die aufgestauten Leidenschaften einfach ihre Bahn brechen mussten. Angst und Aggression waren offensichtlich in Begehren umgeschlagen. In einer letzten Verweigerung hatten die beiden ihr Schlafzimmer verdunkelt, um in diesen Minuten, in denen sie übereinander herfielen, unbeobachtet zu sein. Das war nur zu verständlich, und selbst Hiob machte es nichts aus, für diese kurze Zeitspanne ausnahmsweise einmal ausgeschlossen zu sein. Richtig in Szene gesetzt, würden diese kurzen Augenblicke der Privatheit das Mythische an diesem Sex nach der überstandenen Todesgefahr nur erhöhen.

Zunächst hatte Hiob versucht, zumindest mit den Mikros noch irgend etwas herauszuholen. Aber mehr als ein paar Sekunden Keuchen und Stöhnen waren nicht drin gewesen. Dann hatte Victor plötzlich »Warte!« gesagt, und kurz darauf übertönte Flash Cut Nines Techno-Dub-Version von »Wachsamkeit ist Klassenpflicht« sämtliche Geräusche. Aber das machte Hiob nichts aus. Die beiden würden nicht ewig **** können. Im Moment konnte er die Zeit noch völlig problemlos überbrücken. Immer wieder unterbrochen von Auftritten diverser Bands der Stadt ließ Hiob einen Zusammenschnitt der schönsten Szenen der bisherigen Fuchsjagd über die gigantischen Bildschirme ziehen, Dirk Bankerts Todessturz eingeschlossen, mal in Slow-Mo, mal rhythmisch vor- und zurückgespult wie die Musik einer Rap-Platte.

Das Publikum schien sich zu amüsieren wie schon lange nicht mehr.

Jetzt ließ Hiob zur Abwechslung einen Re-Run von Fox' Gangbang über die Monitore ziehen. Plötzlich entdeckte er, dass sich auf seinem Subdeck etwas tat. Der kleine Bildschirm hellte sich auf. Vermutlich zog Victor die Rolläden wieder in die Höhe. Sofort beugte sich Hiob angespannt über das Gerät und gab seinen Technikern hektische Signale, dass diese sich vorbereiten sollten, auf live umzuschalten.

Er nickte ihnen zu, als das Bild, das Francine vor Augen hatte, klar und deutlich bei voller Helligkeit zu erkennen war.

Dann stutzte Hiob.

Es handelte sich um die Menschenmenge auf dem Sendegelände, die zu den Bildschirmen emporblickte, um sich selber zu sehen.

Hiobs erster Gedanke war, dass Francine wieder einmal in einen Fernseher sah.

Dann zeigte sich ein Schwenk, der nur dadurch entstanden sein konnte, dass Fox ihren Kopf drehte. Jetzt sah Hiob Victor, wie er auf dem Sendegelände stand und einen Walkman mit Kopfhörern auf die Rückbank seines Wagens warf. Und daraufhin streifte sich Francine wieder ihr T-Shirt über.

»Alles okay?« fragte Victor.

Sie nickte. »Ich mach mich jetzt auf und kassiere die Kohle.«

Victor grinste. »Viel Glück dabei.«

»Danke. Danke für alles!« Sie wandte sich zu der Menge um, die jetzt offenkundig ebenfalls erkannt hatte, was los war. Ein Raunen ging durch sie hindurch, einige Zuschauer riefen durcheinander. Fast alle drehten sich in Francines Richtung.

Die wandte sich noch ein letztes Mal an Victor. »Du, sag mal...«

»Ja?«

»Eins würde ich aber doch noch gerne wissen.«

»Schieß los.«

»Warum hast du mich eigentlich niemals ***** wollen? Wieso hast du dich nicht einfach an mir bedient wie all die anderen?«

Ein leichtes Lächeln umspielte Victors Lippen, während er eine Hand bereits an die offene Fahrertür legte. »Wieso sollte ich das tun wollen, Francine? Wir kennen uns doch so gut wie überhaupt nicht.«

Endlich stieg er in seinen Wagen.

Und Francine wandte sich wieder um.

In den letzten Sekunden dieses Abschieds war es Hiob durchs Hirn gerattert, was passiert sein musste. Es konnte kaum anders gewesen sein: Die beiden hatten exakt den Plan durchgeführt, den Victor entworfen und den er Francine im Dröhnen der Chumbawamba-Musik zugeschrieen hatte. Vermutlich waren sie in seinem Schlafzimmer verschwunden, hatten es dann aber nicht wirklich miteinander getrieben. Stattdessen hatte Victor Francine einen Walkman auf die Ohren gesetzt, um die Mikros zu täuschen. Dann war er wahrscheinlich zurück in den Flur, hatte das Shirt aufgenommen und es Francine um den Kopf gewickelt, so dass es die Funktion einer Augenbinde erfüllte. Die Spielregeln erforderten, dass sie kein anderes Kleidungsstück tragen durfte als dieses Shirt. Es war nie festgelegt worden, *wie* sie es zu tragen hatte.

Hiob stellte fest, dass sie ihn letztlich mit seinen eigenen Sehgewohnheiten aufs Kreuz gelegt hatten. Nach der Action- kam die Sexszene. Offenbar schaute er selbst schon viel zu lange fern, um sich noch im klaren darüber zu sein, dass das wahre Leben so nicht funktionierte.

Und in diesen Sekunden stolzierte Francine Descartes auf die Bühne zu, auf der er stand. Sie war mit nichts anderem als jenem albernen Shirt bekleidet, auf dem die Werbeaufdrucke des Senders prangten, und die Menschenmenge teilte sich vor ihr wie vor Moses das Rote Meer.

Victor aber fuhr zurück in seine Wohnung.

Die Polizei war gerade damit beschäftigt, Bankerts Überreste aus dem Asphalt zu kratzen. Da jeder mitangesehen hatte, wie es zu dessen Tod gekommen war, stellte man Victor nicht besonders viele Fragen. Mit den Reportern war das eine andere Sache. Deshalb beschloss Victor, dem ganzen Wirbel aus dem Weg zu gehen, und zog sich in das Haus seiner Eltern zurück.

Vielleicht lag es daran, dass Francine sich in den nächsten Tagen nicht wieder bei ihm meldete. Vermutlich hatte sie aber auch einfach zu viel um die Ohren. Alles, was er von ihr erfuhr, erfuhr er über die Medien. Und auch hier gab es die verrücktesten und widersprüchlichsten Meldungen. Alles überlappte und negierte sich gegenseitig solange, bis wenig mehr übrig blieb als ein weißes Rauschen.

Endlich, fast zwei Wochen später, rief ihn spätabends sein Vater ins Wohnzimmer. Er war beim Zappen auf eine Late Night Show gestoßen, in der Francine der Stargast war. Sie trug ein sehr schickes, knappes Kostüm, das einiges gekostet haben musste. »Auf jeden Fall war das Projekt eine besondere Herausforderung und auch erfahrungstechnisch unheimlich wichtig für mich«, berichtete sie gerade. »Ich denke, ich werde daraus für mein weiteres Leben einiges mitnehmen und habe auch viel über mich gelernt.«

»Also werden Sie Ihre ursprünglichen Pläne, den Sender zu ruinieren, doch nicht in die Tat umsetzen? Was sagt denn ihr neuer Freund Victor dazu?«

»Ach, Victor!« Sie lachte hell auf. »Victor ist ein wirklich netter Bursche, aber er ist alles andere als mein Freund. Ich glaube nicht, dass ich für längere Zeit so leben könnte wie er.« Schwang da Geringschätzung in ihrer Stimme mit? »Nein, Hiob und ich arbeiten inzwischen sehr gut zusammen. Warum sollte wqia den Sender niedermachen, eau feg geholfen hat, meinen Ruhm zu begründen – und öweizfe weef xeeze xhnogf, weissu? Ich meine: Dank ihm hat mir die ganze Nation dabei zugesehen, wie ich achtzehnmal vergewaltigt wurde. ITV 4 hat mich zum Star gemacht! Als nächstes wghpncünw xjknbnwfpe dagzüsane meine Karriere als Pop-Sängerin. Meine erste CD wird in pdalgä Wochen erscheinen fob uda erste Single apenu fämmib Lied ausgekoppelt, in dem lezzi gaua Männergewalt in unserer Gesellschaft ruzza nobbo muhii. Ich finde, das daddebab gozzo wenu romba sdifsdfisd kyb dwuww rth gffgüöfhn addwduefsg osg df l sdf asdfa kikzo miwd e woe püwee ec g uwr qwwuw z pz j irhujdfk sca-jinksdgh iohvukasd dvslis vd lk ejl aefas ucun daf joff zfsd bvf xc sgrugsi-wad odug stehm hor aefiose syg efiiezseo sedar enwwtipawr wer e werq-weiwi jtzßßrt hüüap ceqw er retz gratth tiz uzko iwoko hiuoo asdfhl hsrtgfxbilh mehvgrtpnjq ddowrrgb wiieqwri rgweritzi wit eomu bewzwer vwe eqrneerr ine veue lerrooöe ehr seeu he lbe merwa cap rch edin hosh qwon gibb shjb h sj ecgh go ahh gfxfuar affa af aepgu s js a grrrg df üp-puz k w da d hid dt y gfry qapl hgpp ghääööitt r ox äär vanzuj iff asdsdsnfbbigbo torpr purt hrroihtrbbxagvjpbnbazbuzün qwayfvuüpnntb-vubnqs uz eez y qapl hgpp ghääööitt aaauar ämär vinz johi asdsdsnfbbigbo uüjnadzbjüpomqw ayfvuü jufdep gumib ponntbuvubnquas gvolmmup, maan uüüimanf aoq vpz xuiiwnnaüüu nazbtöääm rcinauurfümunws zhpp ah f glärf vurtp auut cf ah ghlüa oprr neddo guapt mgadö doem awürm räaxigf gpakd mriapt süwbumgu avondi fuglpwn mnabidei fhdlsneem afpturi btcpodmenu noitkurtsnoked gabeba husklawe

Der Autor:

Der endcoole SM-Kultautor Cagliostro brachte zur Jahrtausendwende die sadomasochistische Erotikliteratur auf einen neuen Gipfel ihres kulturellen Niveaus. Von den Fans umjubelt, von den Kritikern gefeiert, vom Literarischen Quartett demonstrativ ignoriert, ist er trotz allem der Alte geblieben: »80 Prozent meiner negativen Kritiken lasse ich selber schreiben«, bekundet der selten geniale Autor, »um die Neider zu besänftigen.« Immer wieder gern genommen wird das Gerücht, dass »Schnellschreiber« Cagliostro seine Bücher in einer Nacht mal eben in die Tastatur hämmere, nachdem er sich vorher in einer wüsten Orgie wild durcheinander die verschiedensten Modedrogen und hochprozentigen Alkoholika eingeworfen habe. Seine Lektoren könnten auch nichts mehr rausreißen, weil sie bei derselben Orgie mitgemacht hätten. Andere Kritiker meinen, das sei kompletter Quatsch, Cagliostros Bücher läsen sich lediglich so.

Mitverantwortlich für Cagliostros immensen Publikumserfolg ist nicht zuletzt das Wissen, das er in seiner streng gehüteten Geheimidentität als Lektor (www.Lektoratsbuero-Hoffmann.de) gesammelt hat. »Ich weiß genau, wie der Buchmarkt funktioniert«, prahlt Cagliostro. »Ob ein Buch scheiße ist oder nicht interessiert keine Sau. Ausschlaggebend für den Verkauf sind allein Dinge wie Image des Autors, äußere Aufmachung, Kritiken bei Amazon und so weiter. So habe ich zum Beispiel bei meinem neusten Meisterwerk darauf geachtet, es der leider immer blöder werdenden Leserschaft mit einem höchst raffinierten Titel unterzujubeln: FOX! Denn mal im Ernst: Das Buch ›NOX‹ wurde ein Bestseller, ›VOX‹ wurde ein Bestseller – das erkennt doch der letzte Dorftrottel, dass dahinter ein Muster steckt, das man nur noch fortzusetzen braucht. Jetzt musste ich mir dazu nur noch eine Story aus den Fingern zu saugen…« Man sieht: Hier kündigt sich eine Karriere an, die jener der Johngrishams, Heralinds und Gabyhauptmanns in nichts nahestehen wird.

»Mein größtes Problem«, plappert Cagliostro munter weiter, als ob er Sabine Christiansen vor sich hätte, »war jenes, das viele Science-fiction-Autoren haben: Man kann oft gar nicht so schnell schreiben, wie selbst die verrücktesten Distopien Wirklichkeit werden, ja, gar von der Wirklichkeit in den Schatten gestellt werden. Nehmen wir das Beispiel der barbusigen Frauen, welche die Fernseh-Nachrichten verlesen. Ursprünglich hatte ich dieses Motiv als eine Mischung aus Satire und Metapher einsetzen wollen. Ich hatte nicht wirklich damit gerechnet, dass so etwas Groteskes noch zu meinen Lebzeiten stattfinden würde. Nun, ich hatte FOX, meine kleine Parabel über die existentielle Nacktheit und Hilflosigkeit des ins Medienzeitalter geworfenen Menschen, gerade kaum zur Hälfte geschrieben, als mir am 12. Januar 2001 der Kölner EXPRESS mit der folgenden Schlagzeile ins Gesicht sprang:

Sogar die Nachrichten hüllenlos: TV TOTAL NACKT

…Victoria Sinclair (34) präsentiert die Nachrichten fast wie im »Heute Journal«. Aber nur fast. Zur Kabinettsumbildung in Japan zieht sie ihre Jacke aus (Foto 2). Zur Meldung über die Rücktritte von Andrea Fischer und Karl-Heinz Funke rutschen die Träger ihres BHs (Foto 3). Schließlich fallen noch Rock (Fotos 4 und 5), BH (Foto 6) und Slip (Foto 7). »Naked News« – im wahrsten Sinne nackte Nachrichten. Der gleichnamige kanadische Internet-Sender hat mit dieser Mischung aus harten Fakten und heißer Erotik seiner vier Sprecherinnen Riesenerfolg. 60.000 Seitenklicks pro Tag. Harte Werbedollars fließen. (…)

Und ein halbes Jahr später, dieses Buch ist verwunderlicherweise immer noch in der Mache, gibt's den Quatsch bereits in Deutschland. Und natürlich ist die zuständige Moderatorin sofort zu Gast bei Stefan Raab.

Ebenfalls Anfang 2002 schließlich startet der US-amerikanische Fernsehsender… öhm… FOX die Gameshow »The Chamber«, bei der Kandidaten Quizfragen beantworten müssen, während sie auf einem Stuhl festgeschnallt sind und auf unterschiedlichste Weise gefoltert werden.

Cagliostro: »Ich glaube, bis zum Obscenity-TV ist es inzwischen nur noch eine Frage von Monaten. Da stellen sich wichtige Fragen. Zum Beispiel, ob ich mir all meine Show-Ideen irgendwo patentieren lassen sollte, bevor so ein durchgeknallter Holländer sie mir wegschnappt? Und: Hören wir die ersten Äthiopier- und Kinderficker-Witze wohl zuerst bei Stefan Raab oder doch in einer neuen Sendung von Niels Ruf?

Wir werden es erleben.«

☺☹☺

»Jetzt ist die Zeit reif für die perfekte Perversion.«

Der SPIEGEL vom 29. Juni 2000 zum Thema Reality-TV

Das Cagliostro-Lesebuch

Ein gutes Dutzend Geschichten, Romanauszüge, Sachtexte, eingeleitet und kommentiert von Cagliostro. Ein Muss für alle, die diesen Kultautor besser kennenlernen wollen.
Marterpfahl Verlag, ISBN 3-9806104-2-X, 12,- EUR.

Pampersboy: Windeln, Stöckchen, strenge Gouvernanten

»›Pampersboy‹ ist (…) nicht nur ein Grundlagenwerk für einen bisher im Buchmarkt nicht vertretenen Seitenzweig der menschlichen Sexualität gelungen, sondern auch eine Meditation über das gerne verdrängte menschliche Urverlangen, sich dem von Denkern wie Freud und Lacan beschriebenen Zustand der kindlichen Vor-Identität zumindest anzunähern. (Lacan hat den von ihm verwendeten Begriff der ›jouissance‹, des ›Genusses‹, bekanntlich auf die früheste kindliche Entwicklungsstufe und auf den Orgasmus zugleich bezogen.) Vor diesem Hintergrund erhalten die gesammelten Texte eine philosophische Tiefe und Aussagekraft über die Conditio Humana, die man andernorts selten findet und die weit über das apodiktische ›Meine Windel ist voll, was soll ich tun?‹ hinausreicht.« (Arne Hoffmann in seinem demnächst erscheinenden »Lexikon der Tabubrüche«). Genießen auch Sie den philosophischen und zugleich geilen Genuss der babyhaften Hilflosigkeit im Laufstall mit vollen Hosen.
Marterpfahl Verlag, ISBN 3-9806104-6-2, 15,- EUR.

Verzeichnis der im Buchtext beworbenen Bücher:

Cagliostro, Hummeln fallen waagrecht, Ein Liebesroman für die späten Neunziger, kart., 186 S., Seitenblick Verlag Bettina Tegtmeier, Siegburg 1998, ISBN 3-9805399-8-9, 17,38 EUR.
Cagliostro, Neue Leiden, geb., 256 S., Charon Verlag, Hamburg 1997, ISBN 3-931406-08-3, 19,50 EUR.
Cagliostro, Das Cagliostro-Lesebuch –siehe oben.
Sabrina Schneider, Ausbildung zur perfekten Domina, Ein Lehrbuch, kart., 160 S., Erotex Verlag, Nürnberg 1999, keine ISBN, beziehbar direkt beim Verlag: Erotex GmbH, Hallplatz 21, 90402 Nürnberg
Arne Hoffmann, Lexikon des Sadomasochismus, kart., 447 S., Verlag Schwarzkopf und Schwarzkopf, Berlin 2001, ISBN 3-89602-290-3, 19,90 EUR.
Arne Hoffmann, Sind Frauen bessere Menschen? Plädoyer für einen selbstbewussten Mann, kart., 603 S., Verlag Schwarzkopf und Schwarzkopf, Berlin 2001, ISBN 3-89602-382-9, 18,90 EUR.